三怪客骑行记

Three Men on the Bummel

〔英〕J.K. 杰罗姆 著
常晓梅 译

人民文学出版社
PEOPLE'S LITERATURE PUBLISHING HOUSE

Jerome K. Jerome
Three Men on the Bummel

图书在版编目(CIP)数据

三怪客骑行记/(英)杰罗姆著;常晓梅译.—北京:人民文学出版社,2016
(幽默书房)
ISBN 978-7-02-011403-0

Ⅰ.①三… Ⅱ.①杰… ②常… Ⅲ.①长篇小说-英国-现代 Ⅳ.①I561.45

中国版本图书馆CIP数据核字(2016)第032936号

责任编辑:朱卫净　邱小群
封面绘图:杨　猛
封面设计:高静芳

出版发行 人民文学出版社
社　　址 北京市朝内大街166号
邮政编码 100705
网　　址 http://www.rw-cn.com
印　　制 利丰雅高印刷(深圳)有限公司
经　　销 全国新华书店等
字　　数 139千字
开　　本 889×1194毫米　1/32
印　　张 7
版　　次 2016年5月北京第1版
印　　次 2016年5月第1次印刷
书　　号 978-7-02-011403-0
定　　价 38.00元

目录

第一章 1

第二章 17

第三章 32

第四章 48

第五章 66

第六章 84

第七章 101

第八章 114

第九章 132

第十章 149

第十一章 163

第十二章 178

第十三章 194

第十四章 210

第一章

三人求变——趣闻揭示谎言的陷阱——乔治薄情懦弱——哈里斯出谋献策——老船长与快艇新手的故事——快活的水手——陆风中航行危机四伏——海风中航行如天方夜谭——埃赛尔伯塔直言争辩——潮湿的河边——哈里斯提议骑行——乔治顾虑逆风——哈里斯提议黑森林——乔治畏惧爬山——哈里斯定夺上山方案——哈里斯太太打断谈话。

“我们需要改变一下了。”哈里斯说。

这时门开了，哈里斯太太探头进来，说埃赛尔伯塔让她来提醒我，要带克拉伦斯早点回家。我觉得，埃赛尔伯塔对孩子过于神经质了，其实孩子什么事也没有。那天早上，他姑妈带他出去，见他眼巴巴地盯着糕点店的橱窗看，就领他进去，给他买了奶油面包和柠檬杏仁馅蛋糕吃，直到吃得撑肠拄腹，任何美味都不再刺激他的食欲。自然，午饭时他没有胃口，只吃了一份布丁，埃赛尔伯塔就担心他哪里出毛病了。哈里斯太太还让我们看着时间抓紧上楼，不然就会错过缪里尔在《爱丽丝漫游记》中“疯帽子茶会”片断里的表演。缪里尔是哈里斯的老二，芳龄八岁，是个阳光、聪明的小女孩，但我更喜欢看她扮演严肃的角色。我们说抽完烟立马就上去，并拜托她让缪里尔等我们到了再开始。她答应说尽量，然后就走了。门刚关上，哈里斯又接着说起来。

“你们懂我的意思吧，”他说，“是脱胎换骨的改变。”

问题是如何才能得以实现。

乔治提议去“出差”，这倒是像他出的主意。这个单身汉自以为已婚妇女都傻得好哄[①]。我曾认识一个年轻小伙儿，是个工程师，他借口“出差”想去维也纳，他妻子问：“什么差事？”他说是去视察奥地利首都周边的矿井，还得写报告。她提出要跟着一起去。她属于心深似海的那种女人。他极力劝阻，说矿井不是漂亮女人该去的地方。她说自己也想到了，所以并没打算要陪他下井。她会在早晨与他道别后自己找点儿乐子等他回来，像逛逛维也纳的商店，买买需要的东西。既然他这么说出口了，这会儿也只能硬着头皮撑下去了。在长达十天的夏日里，他视察了维也纳周边的矿井，晚上还煞有其事地写报告，然后由他妻子把报告寄回公司，可这些全是多余的。

想到埃赛尔伯塔和哈里斯太太皆属此类女人，我就感到悲哀，但又不能老“出差”——这个借口要留着在不得已时用。

“不成，”我说，“做人要坦荡，得像个爷们儿。我就明确地告诉埃赛尔伯塔，男人从不珍惜到手的幸福，再者，为了学会欣赏自己身上的闪光点（因我认为应该得到欣赏），我打算离开她和孩子们至少三周。我要告诉她，”我转向哈里斯，“是

---

① 此处原文为 steam-roller，蒸汽压路机，一种速度最慢的交通工具。此处意指已婚女人识破其丈夫的谎言速度之慢，超过蒸汽压路机。

你让我明白了我应该这么做的，我们要感谢你——”

哈里斯急忙放下杯子。

“老兄，”他打断我，“拜托你可别这么说。她会全都告诉我媳妇儿的，而且——无功不受禄，我可受不起啊！”

“你当然受得起啦，”我坚持道，“这可是你的提议。”

“我那是受了你的启发，”哈里斯再次打断我，“是你说过，男人不能一成不变地生活，没有波澜的家庭生活会让大脑生锈的。”

“我那也是泛泛一说。”我解释道。

“你说的很在理，”哈里斯说，“我还想着回去说给克拉拉听呢。我知道，她很赞赏你的理性。我肯定，如果——”

“咱们还是别冒这险了，”我打断他，“这事儿需慎重，我想到个办法，我们就说是乔治的主意。”

有时我看到乔治不够朋友的样子就郁闷。你也许认为他定会乐意为两兄弟排忧解难，恰恰相反，他不是很情愿。

“你们要是那么做了，”乔治说，“我可就告诉她们俩，我原本想的是办个聚会，带上孩子们，我带着我姑妈，大家一起热闹下。我们去诺曼底，我知道那里有一栋古朴瑰丽的城堡，我们去把它租下来。海边宜人的气候特别适合娇弱的小孩子们，还有你们在英国喝不到的牛奶。我要说清楚，都是被你俩给否了，说咱们自己出去潇洒更开心。”

对付乔治这种人，客气是没用的，只能来硬的。

“你若真是这么想的，”哈里斯说，“我举双手赞同。我们就租下那城堡，你带上你姑妈——我负责促成这事儿——我们去度上一个月的假。孩子们都喜欢你，杰和我就把孩子们交给你了，我俩不掺和。你答应要教埃德加钓鱼的，你再扮野兽和孩子们一起玩游戏。自上周日，迪克和缪里尔就一直在说你扮演的河马。我们去树林里野餐，就我们十一个人，晚上听音乐、朗诵诗。你知道吧，缪里尔已经会背六首诗了，其他孩子也学得很快。”

乔治扛不住了，他也就是血气之勇，但他不服输，他埋怨我们刻薄、怯懦和虚伪到竟然玩弄这种低劣的把戏，他也爱莫能助。还说，我若无意独自饮完这一整瓶红酒的话，可以给他倒一杯。随后又说，其实也无所谓，因为埃赛尔伯塔和哈里斯太太都是明眼人，她们肯定不会相信这是他的主意。他这样说倒是有点不合常理。

这个小问题解决了，接下来的问题是：什么样的改变？

和往常一样，哈里斯赞同海上游。他说自己知道一艘快艇，正适合我们自驾游，这样就不用带上一大堆闲人，既能节省开销，我们又能尽兴地潇洒一把。若给他配个小伙计搭把手，他就能扬帆远航了。我们也知道那艘快艇，还向他提过，也和他一起坐过。船上有一股浓浓的舱底污水和霉腐味，一般的海风根本无力驱散。说到那气味，你们可能宁愿去莱姆豪斯贫民窟待上一周。若遇雨天，快艇上无处避雨，小客厅面积只有三点七二平方米，仅炉子就占去了一半的地方。那炉子中看不中用，你去点火，它就散架；冲澡是在甲板上，你一脚踏出浴缸，浴巾就被吹跑了。船上有趣的事都让哈里斯和他的小伙计包圆儿了，诸如拉帆、收帆、保持滑行、偏转倾斜之类的，而把削土豆皮、洗碗这样的活儿留给了乔治和我。

“好吧，那么，”哈里斯说，“我们去弄一艘好点儿的快艇来，配船长的，搞得气派点儿。”

我还是反对了这个提议，因我了解那船长，他想在所谓的“近海”区内驾驶快艇，这样方便和妻子及家人保持联系，更不耽误他去泡钟爱的酒吧。

多年前，我曾做过一件傻事，自己租了一艘快艇。那时我少不更事，又碰巧三件事情赶一块儿了：一是好运来袭；二是埃赛尔伯塔说想去沐浴海风；三是恰好在她说过此话后的第二天早晨，我在俱乐部随意拿起一期《运动员》杂志翻阅时，偶尔看到一则广告：

致游艇爱好者

——百年不遇的绝好机会！

“罗格号”快艇，重二十八吨，超奢华配置的“海上猎犬”。主人临时有公务外出，现对外出租，租期长短均可。有两间舱室、客厅、沃芬考夫制竖式钢琴、全新铜壶。租金：一周十基尼[①]。有意者请联系珀特维公司，地址：巴克贝利三号A单元。

---

① 又称畿尼、几尼，是英格兰王国以及后来的大英帝国及联合王国在1663年至1813年所发行的货币。1基尼 = 1.05英镑 = 21先令，最初是用几内亚的黄金铸造的，因此得名。

我仿佛觉得是祈福应验了。“新铜壶”我不感兴趣，毕竟洗洗涮涮的事不是当务之急，倒是对那沃芬考夫制竖式钢琴动心了。我脑海里出现埃赛尔伯塔在夜幕下弹奏的情景——弹到副歌时，稍经指导，船员们同声合唱，伴随着“猎犬”在银色的浪尖上跌宕起伏，我们欢快地向家飞驰。

我打上车，直奔巴克贝利三号 A 单元。珀特维先生看上去是一位朴实的绅士，他的办公室在四楼，看起来也很朴素。他给我看了一张“罗格号”顺风飞驰的水彩画。甲板与海面成九十五度角，甲板上不见人影，我猜想他们都滑到海里去了。确实，除非被钉牢，否则我想没人能在这近乎直立的甲板上站得住。我向代理商指出了这一缺陷，他解释说，画中表现的是“罗格号”成功扣圈击败对手，在梅德韦挑战赛[①]上奋勇夺冠的场面。珀特维先生以为我了解这项赛事而无需多问。在靠近画框处有两个小点儿，起初我当成蛾子了，后来才得知它们分别代表这一著名赛事的亚军和季军获得者。另有一张“罗格号”停泊在格雷夫森德的照片，虽然不如前一幅画夺人眼球，但看上去要平稳得多。我的问题皆得到满意解答之后，我决定租上两周。珀特维先生说，也幸亏我只租两周。后来我才明白，因恰好和另一租期错开了，不然，若要租三周的话，他就无法租给我了。

---

① 1899 年在梅德韦河上举行了皇家海军快艇锦标赛，由此，快艇比赛的传统一直延续下来。

办完租船手续，珀特维先生问我是否有中意的船长，我说还没有，谁知这竟也是一件幸事——似乎我的好运来了挡都挡不住，因为珀特维先生肯定地说，现任船长高尔先生是不二人选——并让我放心，他是一位优秀的船长，他老马识途就像深谙自己的妻子一样，而且从未出过任何安全事故。

天色尚早，快艇还停靠在哈里奇①。在利物浦街上我看了眼时间，十点三刻。一点时，我和高尔先生在甲板上聊着。他人长得壮实，带有父亲的慈爱。我对他讲了我的意思，我们取道外围的荷兰岛屿，再北上去挪威。“好的，好的，先生。”他答应着，看似对此行兴致盎然，说自己会很开心的。聊到为行程准备食品时，他更加兴致勃勃。坦白地说，高尔先生让准备的食品量，大得出乎我意料。若在海盗德雷克②那个年代，又在加勒比海一带③，我必定会担心他图谋不轨。但是，他慈父般地笑着告诉我，我们并无多带，船员们会把剩下的东西分了打包回家的——好像是惯例了。我感觉自己分明是在给船员们准备过冬食物，但又不愿显得那么吝啬，就没再说什么。需要准备的酒也多得令我咂舌。我只根据实际需求量张罗着，这时，高

---

① 埃塞克斯郡极具吸引力的小镇，位于英格兰东南部，地处斯陶尔河和奥维尔河流的交汇处，在历史上曾被证明是泰晤士河和汉柏（英国东部的一个河流入海口）之间唯一可供水手安全抛锚的地方，因此，被长期作为重要的民用及军用港口。

② 法兰西斯·德瑞克（Francis Drake，约 1540—1596），16 世纪英国著名的私掠船长、航海家和探险家。在英国，他是名留千古的英雄，而在西班牙却是恶名昭著的海盗。1588 年，德瑞克的舰队在英国一举击溃西班牙无敌舰队，在英、西大海战中起到了至关重要的作用，被封为英格兰勋爵。

③ 德瑞克在加勒比航线上对西班牙的船队实施了多次袭击，使得西班牙人在加勒比海上渐渐地失去了控制权。

尔先生又来替船员们争取待遇。我不得不承认，作为船长，他确实很为下属着想。

“高尔先生，我们不想在船上纵酒狂欢。”我说。

“纵酒狂欢！”高尔先生说道，“哦，他们只在茶里滴几滴而已。”

他说自己一直坚信，要善待有作为的人。

“他们会更加努力地为你做事的，”他说，“而且他们还会再来与你合作的。”

我心里可真不希望他们再来了。人还没见到呢，我已开始讨厌他们。在我看来，这些贪婪的船员就知狂吃海喝。但高尔先生诚意地坚持，加之我年少无知，也只好作罢，由他去了。他向我承诺会亲自监督，确保不造成任何浪费。

雇用船员的事我也委托给他了，他答应办到，说再帮我雇上两个成年人和一个小伙计就够了。如果他意指吃光喝光这档子事，我看他是低估了船员的能力。不过，他也可能指的是扬帆出海。

回家的路上，我顺路去了一家常去的裁缝店，订制了一套快艇服和一顶白色帽子，裁缝师傅们答应给加班加点地及时赶制出来。回到家，我告诉了埃赛尔伯塔这一切，她听后眼笑眉飞，唯有一点令她担忧——裁缝能否来得及也给她赶做一套快艇服？女人就是这样！

其实不久前，我们才度了蜜月，但因为一些事而缩短了假期，所以这次我们决定不邀请任何人，我们自己在快艇上独享二人世界。感谢上苍让我们做出这个明智的决定。周一，我们穿戴整齐，开始了海上蜜月之旅。我忘了埃赛尔伯塔当时穿的什么，但不管穿什么，都让她看起来妩媚动人。我穿着深蓝色镶白穗边的衣服，感觉自己也是一名英俊的水手。

高尔在甲板上迎接我们，并告知午饭已做好。我得承认，高尔先生找来的厨师确实很棒，至于其他船员的能力，此时还无法定论。单就他们休息时的样子，看得出他们是一群快活的水手。

我打算等船员们一吃完正餐，我们就开航。到那时，我抽着雪茄，埃赛尔伯塔依偎在我身旁，我们倚靠着船舷，遥望祖国的白崖缓缓地沉入地平线。埃赛尔伯塔和我已经准备就绪，在甲板上独享着二人世界，就等他们了。

“他们好像一点也不急。”埃赛尔伯塔说。

“在这十四天的航行中，”我说，“如果他们要吃完船上一半的食物，就得每顿饭都吃很长时间。我们还是别催他们了，不然他们连四分之一都吃不完。”

“他们准是睡着了，”过了一会儿，她又说，“都快到下午茶时间了。”

他们确实很安静。我前去看了看，朝着梯子下面叫了三声船长，他才慢腾腾地上来，嘴里叼着一支没有点燃的雪茄。他比我上次见到时显得又胖又老了。

“你们要是准备好了，高尔船长，”我说，“咱们就出发吧。”

高尔船长从嘴里拿出雪茄。

“今天不走啊，先生，”他答道，“这是您同意的。”

“哦，今天怎么了？”我问他。我知道水手们讲迷信，也许他们认为周一不吉利。

“日子没问题，”他解释说，“是风的事儿，看样子风向不会变了。”

“可是我们必须要等风向改变吗？”我问道，“我看现在正合适，我们正好是顺风。”

“啊，是啊，”高尔船长说，“您说得太对了，如果在顺风时出海，我们注定都会葬身鱼腹[①]。您看，先生，”看到我一脸惊讶，他继续解释说，“这就是我们所说的‘陆风’，也就是说，直接从陆地上刮来的风。”

我想了一下，他说得没错，这风的确是从陆地刮来的。

“夜里风向可能会改变，”他很期待地说，“不管怎样，现在风不大，船也很平稳。”

说着他又叼上了雪茄。我回到船尾，向埃赛尔伯塔解释了迟迟不走的原因。她看起来已经不像刚上船时兴致那么高了，她要弄清楚为何风从陆地刮来就不能航行。

“不从陆地刮来，”埃赛尔伯塔说，“就一定是从海上刮来，那又会把我们吹回到岸边的，我觉得现在的风向正是我们所要的。”

我说：“那是你没经验，亲爱的。看似我们所要的，其实

---

① 此处英文 dead 一词是双关语，在上一段意为“完全的、正好的”，而此处船长意指无生命的，表现了船长的诙谐幽默。

不是。这就是我们所说的陆风，一般是很危险的。”

埃赛尔伯塔又问为何刮陆风就非常危险。

她这样不休地争辩，我有点儿恼火了，大概是我心里有些许的不痛快吧。小船随着海浪的起伏单调乏味地摇晃着，正在渐渐地磨灭我起初那份热情。

“我和你说不清楚，”我答道，这是实话，“但在这时开航，纯属蛮干。我太在乎你了，亲爱的，所以我不能让你去冒不必要的风险。”

我以为话至此就了结了，可她说了句“早知如此，我们还不如周二再上船呢”，然后就下去了。

早晨时，风向转成北风。我一早起来，就去告诉高尔船长。

“是的，是的，先生，”他说，“真不走运，却又爱莫能助。”

“您认为我们今天还是不能走吗？”我试探着问他。

他只笑了笑，并没有介意。

“嗯，先生，”他说，“如果您要去的是伊普斯维奇[①]，我可以说，今天的风向再适合不过了，但您说了，我们的目的地是荷兰海岸。您为何偏要去那儿啊？”

我把这消息告诉了埃赛尔伯塔，我们决定上岸去等待。哈里奇镇算不上热闹繁华，傍晚时可谓寂寥。我们在多佛阁喝了一会儿茶，吃了点儿豆瓣菜，然后返回码头，去找高尔船长和船。我们等了他一个小时。他回来时，看上去比我们开心得

① 萨福克郡一个城镇，位于英国东南部。其历史悠久，狄更斯在小说中提到过此镇，另有著名的伊普斯维奇足球俱乐部。

多。若不是他说过，他只在就寝前才会喝上一杯热酒的话，我肯定以为他是喝高了。

第三天早上，刮起了南风，这让船长相当焦虑，似乎我们走也不安全，停在原地也不安全，唯有祈求在尚未发生任何不祥之前，风向会改变。至此，埃赛尔伯塔已经开始厌恶这快艇了，她说自己宁愿在浴缸里待上一周，因为那至少不会这么摇晃。

我们在哈里奇又等了一天一夜，直到周四的晚上，依旧刮着南风。我们住宿在“王首”酒店。到了周五，风从正东方向刮来。我在码头见到高尔船长，就向他提出，该可以开航了。好像我的执着惹恼了他。

“如果您多一点行业知识的话，先生，”他说，“您自己就能判断，这根本不可能，风是直接从海上刮来的。”

我说：“高尔船长，那请您告诉我，我租的这是什么？快艇，还是船屋？”

他似乎愣了一下。

他说：“快艇。”

“我的意思是，”我说，“它到底能不能移动？如果它只能停在这儿不动，”我接着说，“就请您实话实说，那我们去弄几箱常春藤养在船上，让其茎长出来缠绕舷窗，再在甲板上栽些花，搭个凉篷，把船装饰得漂亮些。但是，如果它可以移动——”

“可以移动！”他打断我说，“要等风向对了，‘罗格号’才能开航——”

我问：“那哪个风向才是对的？”

高尔船长面带困惑。

“这一周里，”我接着说，“北风，南风，东风，西风——全都刮了个遍。您要是能在指南针上再找出第五个方向，就告诉我，我等着风从那里刮来。如果不能，如果那锚还没在海底生根，我们今天就把它起上来，看看会出什么事。”

他看出我是动真格了。

“好吧，先生，”他说，“您是老板，我是雇员，您要坚持走，我就听从您的指挥。我只有一个孩子，还在指靠我呢，感谢上帝。而且，您的遗嘱执行者也无疑将准备履行他们的职责。”

他那般严肃劲儿，给我印象很深。

“高尔先生，”我说，“请如实告诉我，不管天气怎样，我们还能走出这死胡同吗？”

船长又恢复了他的慈祥和蔼。

“您看，先生，”他说，“这个海岸很独特，我们只要能出去，就没事了。可是，我们乘这样一只不靠谱的小船离港——说实话，先生，得要求超强的技术去应对险情。”

船长向我保证，他会像母亲照看熟睡的婴儿那样密切关注天气的变化。他这个比喻，令我感动不已，于是我离开了。十二点再次见到他时，他正坐在“链与锚”酒吧的窗前观察着天气。

下午五点，时来运转。我在商业街邂逅两位玩快艇的朋友，他们因舵杆弯曲变形而不得不停船靠岸。我跟他们讲了我的遭遇，他们听后略感惊讶，更觉好笑。船长和两个船员仍在观看天气。我跑回“王首”酒店，让埃赛尔伯塔做好准备。我们四人蹑手蹑脚地走到码头，找到我们的船。只有那个小伙计在船上，于是这两个朋友掌舵开船，六点我们已沿着海岸，欢快地高速北上了。

那一夜，我们停靠在奥尔德伯勒。第二天，继续开往雅茅斯，在此我的朋友不得不同我们告别，于是我决定也同快艇告别。清早，我们在雅茅斯沙滩拍卖了剩余物品。虽然亏了些钱，但和高尔船长扯平了，因而颇感得意。我把“罗格号”交给了当地一位水手，给了他两镑钱，请他负责开回哈里奇，我们乘火车返回伦敦。也许不是所有的快艇都像“罗格号”那样，也不是所有的船长都像高尔先生那样，但从此我对快艇和船长不再感兴趣了。

乔治也认为，弄一艘快艇要操很多心，所以我们放弃了这个想法。

“那就去河上游，咋样？”哈里斯提议。

“我们曾经在河上度过愉快的时光。”

乔治默默地抽了一口雪茄，我又剥开了一个坚果。

“河也非同昔日了，”我说，“具体我说不清楚，但总觉得——是潮湿——大概是河上的湿气吧，老让我的腰痛病发作。”

“我也是的，”乔治说。“现在不知怎么搞的，我在河边就睡不着觉。春天时，我在乔那儿待了一周，每天早上七点我准醒，然后就再也睡不着了。”

“我只是建议，”哈里斯说。“其实去了对我也不利，会犯痛风病的。”

“最适合我的，”我说，“是山里的空气。去苏格兰徒步旅行，你们说咋样？”

“那里总是湿漉漉的，”乔治说。“前年，我在苏格兰待了三周，就没有一刻干爽过——我不是指喝酒啊。”

“那去瑞士会很舒服，”哈里斯说。

“她们绝对不会同意我们自己去瑞士的，”我反对道，“你记得上次的事吧，所以我们这次要去的地方，必须是娇惯的女人和孩子们难以生存的地方，一个只有糟糕的酒店、旅途遭罪的国家，我们生活得艰苦、要出力，甚至还会挨饿——”

“停！”乔治打断说，“冷静点儿！别忘了，我要和你们同行的。”

“有了！”哈里斯喊道，“骑行！”

乔治面露疑惑。

“骑行要爬很多的坡，”他说，“还得逆风而行。”

“那自然就会有下坡和顺风喽。”哈里斯说。

“我没有注意过。”乔治说。

“想来骑行是最佳选择了。”哈里斯坚持说。

我基本同意了他的提议。

“我知道骑行的路线，”他接着说，“穿越黑森林[①]。”

“啊？那可全是上坡路。”乔治说。

“不全是，”哈里斯反驳道，“三分之二吧。还有一事你忘了。”

他谨慎地环视四周，然后压低声音悄悄地说，

“上山有小火车，滑雪电缆车那种——”

这时门开了，哈里斯太太进来说，埃赛尔伯塔正在戴帽子，缪里尔等不到我们，已经演完“疯帽子茶会”了。

“明天四点，俱乐部见。”哈里斯起身悄悄对我说。一起上楼时，我又把这话告诉了乔治。

---

① 位于德国西南部巴登-符腾堡州山区，是德国最大的森林山脉，由于森林树木茂密，远看一片黑压压的，因此得名。许多格林童话故事，如《白雪公主》《灰姑娘》里的故事都发生在此。是著名的旅游胜地，以其独特的地理环境闻名世界。

第二章

棘手之事——埃赛尔伯塔会怎么说——她一吐真言——哈里斯太太所言——对乔治实言相告——我们决定周三出发——乔治建议脑补的方式——我和哈里斯的疑虑——骑双人自行车谁最卖力？——前座人的理论——后座人的理论——哈里斯如何丢了夫人——行李问题——已故波杰叔叔的锦囊妙计——背包客故事的开头。

当晚，我先发制人对埃赛尔伯塔拉开了心理战。我故意在开始表现出焦躁情绪，想必她肯定会说点什么，然后我因势利导，把焦躁归结于精神压力过大所致，这样就自然地把话题引到我的健康状况上来，显然，要改善这种状况，必须采取及时有效的措施。我想，使个小技，没准儿她会主动建议说："不，亲爱的，你需要改变，彻底的改变。听我一句劝，出去放松一个月吧。不，别说让我跟你一起去，我知道你会这样想，但我不会去的，因为你需要多和其他男同胞交流。叫上乔治和哈里斯跟你一起去吧。相信我，像你这样大脑高度紧张，就需要暂时出去放松一下，别再为家事操心了，把孩子们要上音乐课，还有靴子、自行车、每天吃三次复方大黄酊、做饭、家装、邻居的狗、肉店账单等等，统统忘到脑后去。找一个山清水秀的乡村去转转，新奇的环境会让你焦虑的神经平和许多，并给你灵感。你去吧，给我留点儿空间，让我有机会想你、念你的好。虽然你一直都很好，但我可能会出现审美疲劳，这是人之常情，就像人们会对司空见惯的阳光雨露的恩赐和皎洁明月的美丽变得麻木一样。走吧，回来时我希望看到身心焕然一新的你，甚至一个更开朗、更优秀的你。”

但是，即便我们满怀期望，却往往不能如愿以偿。从一开始，埃赛尔伯塔似乎就没在意我的焦躁，我不得不想法子引起她的注意。我说：

“你要原谅我，我今晚心情不好。”

她说：“哦，我没觉出有何异常啊，你怎么了？”

“我也说不清楚，”我说，“但这种感觉已经持续几周了。”

“都是那威士忌惹的祸，”她说，“我们不去哈里斯家的话，你从不喝它。你知道你受不了那种烈酒的，你不胜酒力。”

“不关威士忌的事，”我说，“没那么简单。我觉得是精神上的问题，不是身体上的。”

“你又在看那些评论了，”她更加同情地说，“为何不听我的劝，把它们都烧了呢？”

“和那些评论也无关，”我说，“近期还真有一两篇满是奉承之言的。”

“那，到底是为什么？”她说，“总得有个原因吧。”

“没，没有原因，”我说，“关键就在这儿，我只是感到一种莫名的心神不宁，这种感觉挥之不去。”

埃赛尔伯塔瞟了我一眼，我看出她有点好奇，但她并未说什么，我只好接着自语道：

“这种单调乏味的生活，这些平静安宁的日子，还有这平淡如水的幸福，所有这些反倒让我忧郁不安。”

“我不抱怨这些，”她说，“因为我们可能还会遭遇另一种烦扰，那是我们更不喜欢的。”

“我说不上，”我说。“如果一个人年深日久地生活在快乐中，可以理解他甚至想尝试下痛苦的滋味。有时我在想，天堂的圣人们是否感到过这持久的宁静也是一种负担？我觉得那种地久天长，一成不变的幸福生活会让我疯掉的。”我继续说着：“我是个怪胎，有时我连自己都看不懂，曾几何时，甚至讨厌自己。”

通常情况下，我稍微含蓄地表达一下内心深处隐藏的难以言表的情感，埃赛尔伯塔都会受到触动，但今晚奇怪了，她无动于衷，只是提到天堂以及我可能遭受的影响时，她才叫我不要担忧，说自寻烦恼是在犯傻。至于我的古怪，她说这由不得我。倘若有人愿意容忍我的话，那就不算事儿。她还说，单调的生活也不足为奇，凡人都是如此。说到这儿，她倒挺理解我。

她说：“你不知道，偶尔我也好想离开，甚至离开你，但我清楚这不现实，所以就不去纠结了。”

我头一次听她这么说，感到极度惊诧和悲伤。

“话可不能这么说啊，”我说，“不像一个贤妻该说的。”

“我知道，”她说，“所以我过去从未说过。你们男人永远不会明白，”她继续说道：“不管一个女人有多爱他，他都会偶尔让她感到厌倦。你不知道有时候我多想戴上帽子说走就走，没人问我要去哪里、为何去、去多久、何时回。你不知道有时候我多想订一顿我和孩子们喜欢吃的晚饭，而你见到饭就戴上帽子，头也不回地去俱乐部。你不知道有时候我多想邀请几个好姐妹来家里坐坐，但我知道你不愿意。我想去见想见的人，累了就想上床睡觉，躺够了再起床。但夫妻和睦相守，必定要为对方有所舍弃和让步，不能总是随心所欲。有时候放松一下也不错。”

后来，我仔细琢磨埃赛尔伯塔的这些话，确实很有哲理，但说心里话，我当时的感受是痛心和恼火。

“如果你想，”我说，“要甩掉我——”

“喂，别没事找事啊，”埃赛尔伯塔说，“我只是想让你离开一段时间，让我忘记你的一两个小毛病，让我体会到在其他方面你是多么可亲可爱，从此心切地盼你回家，就像从前我不常见你，总是盼你回家一样。眼下，也许我变得对你有点冷漠，因为你天天在我眼前晃来晃去，如同人们忽视了太阳的光辉一样。”

我不喜欢她这样说话的语气，显得她有点轻浮，与我们此时谈论的话题也不符。一个女人竟高兴地盘算着要离开丈夫三四周，在我看来总归不是件好事，有失妇道，也压根儿不像是她会做的事。我开始感到担忧，对这次出行的兴趣荡然无存了。若不是因为乔治和哈里斯，我就会果断放弃。只是，反悔有失尊严，我一时也想不出两全的办法来。

“很好，埃赛尔伯塔，”我说，“你会如愿以偿的。没有我，你独自去度假，你会玩个痛快的。只是作为一个丈夫，我能否出于好奇地问一下，你都打算做些什么？”

“我们去租下福克斯顿的那套房子，”她回答说，“我和凯特一起去。如果你愿意帮个忙的话，”她又说，“你就去劝哈里斯和你同行，然后，克拉拉就能加入我们了。在嫁给你们之前，我们仨曾有过一些快乐时光。能重温旧日，真是太开心了！你觉得，”她问道，“你能说服哈里斯先生跟你一起去吗？”

我答应说尽力。

“你太好了，”她说，“多劝劝。你还可以拉上乔治一起去。”

我说乔治去了也没多大好处，他一个光棍汉，去不去对别人都没什么意义。可惜，女人永远听不懂讽刺的话。埃赛尔伯塔只是说，让他一个人落单，有些不够情义。我答应会叫上他一起走。

下午在俱乐部见到哈里斯，我问了一下他那边的进展情况。

他说：“噢，都还好，没什么大问题。”

但他的语气听起来像是不太满意，所以我又问了些细节。

“她很赞同，”哈里斯说，“说乔治的主意棒极了，会对我有好处的。”

“听着没错啊，”我说，“有什么问题吗？”

“这是没问题，”他说，“但不只这个。她还说了些别的事。”

“我明白了。”我说。

“她对浴室装潢迷疯了。”他接着说道。

“我听说了，”我说，“埃赛尔伯塔也被她影响得开始狂热了。”

“唉，我只能同意马上着手去办。在咱们出行这件事上，她的态度好得我无话可说。可这要花掉我一百英镑啊，至少。”

“要那么多吗？”我问。

“起码是，”哈里斯说，“保守估计得六十。”

听他这么一说，我很是同情。

“还有炉灶呐，”哈里斯说，“家里近两年出的所有状况，都归结是那炉灶所致。”

“我理解，”我说，“我们结婚后搬过七次家，炉灶的质量是一次不如一次。眼下的这个不仅是劣质，简直就是恶心人，专在我们办聚会时出毛病，给人添堵。”

“我们要买新的了，”哈里斯说，但听上去他有点怏怏不乐。“是因为克拉拉认定两件事同时办，可以省下不少钱。我知道，”他说，“女人若想买钻石皇冠，她就会说是为了省下买帽子的钱。”

“你预计新炉子要花多少钱？”我颇为好奇地问道。

“不知道，”哈里斯回答说，“我想，还得二十镑吧。然后，我们又聊起了钢琴。你注意过，”哈里斯问，“钢琴和钢琴还有什么不同吗？”

“好像有的钢琴弹出的声音更响亮些，”我说，“但用起来都会习惯的。”

“我们家的钢琴是高音出了问题，”哈里斯说，“顺便问下，高音究竟是什么？”

“就是键盘一端弹出尖声的键，”我解释说，“听上去像是你踩了它的尾巴似的。那些精彩的乐段总是在尾声的高音部分绽放华彩。”

“她们还想要更高级的，”哈里斯说，“嫌我们家旧钢琴的高音键组不够多。我只好把它放在孩子的房间里，再买架新的，放在客厅。”

“还要买别的吗？”我问。

“没了，”哈里斯说，“暂时她还没想到别的什么。”

“你回家就会发现，”我说，“她又想到另一样东西了。”

“什么？”哈里斯问道。

“位于福克斯顿的度假房。”

“她去福克斯顿买房干什么？”哈里斯问。

“住啊，”我说，“夏天去避暑。”

“她计划要回威尔士老家探亲的，”哈里斯说，“带上孩子们一起回去度假，那边叫我们回去看看。”

“有可能，”我说，“她先去威尔士，再去福克斯顿，或者，在回家的路上，顺道去趟威尔士，但不管怎样，她想要一套福克斯顿的度假房。也许是我搞错了——站在你的角度，我希望是错了——但我感觉不会错的。”

“这次旅行，”哈里斯说，“要花不少钱。”

“这真是个白痴的提议，”我说，“从一开始就是。”

“我们听了他的话，真是太笨了，”哈里斯说，“不定哪天他会给我们惹上麻烦的。”

“他总是瞎搅和。”我表示赞同。

“还那么倔强。”哈里斯又说。

说着，我们听到大厅里传来他的声音，问是否有他的信件。

“最好别和他说什么了，”我建议，“这会儿已经没有回头路可走了。”

“跟他说了也没用，”哈里斯回复说。“反正现在，我得先把浴室和钢琴的事办妥。”

乔治走了进来，看上去心情不错。

“嘿，”他说，“都顺利吧？你们都搞定啦？”

他说话的那种语气，我总是不太喜欢，我注意到哈里斯也烦他这点。

“搞定什么？”我问道。

“出发去远行啊，”他说。

我觉得应该把事情和乔治讲明白了。

“在婚后的生活中，”我说，“男人谋事，女人顺从，这是她的义务，教义上都是这么讲的。”

乔治叉着手，眼睛盯着天花板。

“没事儿时，我们可能会开开玩笑，斗斗嘴，”我继续说着，“但到了正事儿，都是按规矩来的。我们已经和老婆们说了，要离开一段时间，她们自然感到伤心，想跟我们一起去，不能去的话，就希望我们能待在家里陪她们。但既然已经说出了我们的意愿——那事情就这么定了。”

乔治说：“原谅我，一个单身汉，听别人说东说西，我什么也不懂。”

我说，“你错就错在这儿了。你想知道什么，就该来问我或哈里斯啊，我们不会糊弄你的。”

乔治谢过后，我们接着讨论眼下的事。

“我们何时出发？”乔治问。

“要我说，”哈里斯答道，“尽早吧。”

我猜想，哈里斯是要在他太太又想出新花样之前快点走出去。于是，我们决定下周三出发。

“那路线呢？”哈里斯问。

“我有个主意，”乔治说，“你俩不是急着要脑补吗？”

我说：“我们也不想成为另类，差不多就行了。没错，前提是花费和麻烦都不大。”

“没问题的，”乔治说。“我们对荷兰和莱茵河已不陌生，所以，我提议坐船去汉堡，去看看柏林和德累斯顿，再经纽伦堡和斯图加特，到达黑森林。”

“我听说，美索不达米亚有一些名胜美景，”哈里斯低语道。

乔治说，去美索不达米亚就太绕路了，而柏林—德累斯顿这条线路还算可行。不管怎样，他说服我们同意了。

“自行车的话，我想，”乔治说，“还跟以前一样，哈里斯和我骑双人车，杰——”

“不行，”哈里斯果断地打断他，“你和杰骑双人车，我来单骑。”

“我都行，”乔治说，“那就我和老杰骑双人车吧，哈里斯——”

“我不介意该轮到我骑双人车了，”我插话说，“但我不能全程都带着乔治，大家一起分担吧。”

“好的，”哈里斯同意了，“我们一起分担。但要先说清楚，他也得出力才行。”

“他得什么？”乔治问道。

“他得出力，”哈里斯毫不含糊地重复了一遍。“不管什么情况，包括上山。”

“天哪！”乔治说，“你一点运动都不想做吗？”

这双人自行车，总让人别扭的就是前座理论和后座理论。前座的人说后座的人只坐不出力，同样，后座的人说只有他自己在使劲蹬，而前座的人只会吹。这是个永远解不开的谜。烦人的是，当审慎女神①在一边耳语，提醒你不要过度消耗体力，以免得心脏病时，正义女神②又在另一边对你说，“为何活儿全

① “审慎”是古希腊哲学中四种基本美德之一（其他三种分别是正义、坚韧和节制）。在希腊罗马时代，已经被人格化为手拿镜子和蛇的女神，有时也以手拿量角器、书本或卷轴的形象出现。她手中的蛇象征智慧，而镜子则是真理与自省的象征，两者合二为一，即为审慎。

② 正义女神，是作为法律基础的公正道德的象征。文艺复兴以来通常被描述为手持天秤及长剑，并有时戴有眼罩。现今经常出现于法院的肖像是由代表正义的古希腊法律女神忒弥斯（Themis）及古罗马命运女神福尔图娜（Fortuna）的形象混合而成。自 16 世纪开始，正义女神常被塑造成带眼罩的形象，代表其客观、不徇私、一视同仁的平等精神。

都叫你包干了？这不是出租车，他也不是你的乘客，”还要听他嘟囔：

“怎么啦——脚蹬子掉啦？”

哈里斯刚结婚不久时，曾给自己惹过一次大麻烦，就是因为他不知道后座的人的情况。他和他妻子在荷兰骑车子，道路崎岖不平，十分颠簸。

“坐好，”哈里斯头也不回地说。

哈里斯太太以为他说的是“下车”。至于她怎么会把“坐好”听成是“下车”，他俩谁也说不清楚。

哈里斯太太解释说：“如果你说让我‘坐好’，我为何要‘下车’呢？”

哈里斯解释说，“我要是想让你‘下车’，又干吗说‘坐好’呢？”

这件事让他们吃足了苦头，虽已过去，但他们至今仍争执不休。

可是，不管怎么解释，铁板钉钉的事实是哈里斯太太跳下车了，而哈里斯仍卖力地向前骑，误认为她还在后座上坐着。起初，她以为他拼命地往山上骑，只为显摆一下。那时他们都年轻，他也常爱自鸣得意。等他到了山顶就会下车来，优雅却不以为然地倚着车子等她走过去。但事与愿违，当她看着他越过山顶，又疾风似火地冲下一个长而陡的斜坡时，她惊愣了，接着怒火中烧，随即感到惊慌失措。她不顾一切地冲向山顶大喊起来，可他连头也没回。眼睁睁地看着他消失在一英里半之外的树林中，她坐在地上哭了起来。那天早上他们有过小争吵，她想或许是他真生气了，有意借故抛弃她。她没带钱，也不会荷兰语。过路的旁人似乎很同情她。她极力想告诉他们自己的困境，他们揣摩着她是丢了什么东西，但又拿不准具体是什么。他们带她去了最近的一个村庄，帮她找来警察。从她的比划中，警察判断是她的自行车被偷了。他们就发了封电报，结果在四英里以外的村庄里发现一个小伙儿，正骑着一辆过时的女士自行车。他们就用马车把这个倒霉的小伙儿给拉了过来，但似乎这小伙儿和他的自行车都不是她要找的，只好又放了他。警察也不知所措了。

与此同时，哈里斯正自我陶醉地继续前行。他仿佛突然感到自己变成了一个体魄健壮，技能全面的骑行者，于是，他和以为还在后座的太太说：

“数月来，这车子从未像今天这么轻巧，我感觉是这里的空气很给力。”

他还安慰太太别怕，准备体验他的飞车速度。说着，他俯身于车把，竭尽全力地踩了起来。自行车在路上颠簸驰骋，仿佛被注入了生命，纵横穿梭于农舍、教堂、狗群和鸡群之间。路上老人们驻足凝视，孩子们欢呼加油。

他这样愉快地飞奔了约五英里，后来，如他所说，他渐渐发觉哪里有点不对劲。不是后座的沉默让他惊讶——因风声在耳边呼啸，加之车子不停地嘎嘎作响，而是一种空虚感席卷而来。他伸手向背后摸去，空无一人。他急忙跳下车，几乎是摔了下来，然后回头望去，这条宽敞笔直的路一直延伸到密林深处，却不见一个人影儿。他赶紧骑上车，顺着来的路往回骑上山顶。十分钟后，他到了一个四岔路口，下了车，努力回想着自己来时走的路。

他正在绞尽脑汁地回忆，一个侧身骑马的人恰巧经过。哈里斯拦下他，跟他讲自己把妻子弄丢了。此人既没表现出惊讶也没表示同情。他们正说着时，一个农夫过来了，骑马人又把这事儿告诉了农夫，他的语气听上去不像是在讲述事故，倒像在讲故事。农夫听后，仿佛认为哈里斯是故弄玄虚而令他惊讶。没能从两人那儿得到任何有用的线索，哈里斯暗自骂了几句，又重新骑上车，只好挑了中间一条路，碰碰运气了。半路上，迎面走来几个人，一个年轻小伙儿走在两个年轻女子中间，他们看上去对他很好奇，仔细打量着他。他问她们有没有见到他的妻子，她们问她的长相，他的荷兰语不好，无法确切地描述，只能说出她非常漂亮、中等身材。显然，这个回答所提供的信息不够充分，太笼统了。任何男人都会这么说，没准儿还能讨个老婆回家。她们问她的穿着打扮，他实在是想不起来。

我怀疑是否有哪个男人在离开女人十分钟后能说出她的穿着。他记起她穿了一条蓝色半身裙，但上身穿的什么，却记不得了，可能是衬衫，他还隐约记得一条腰带，那上衣的款式呢？是绿色、黄色还是蓝色的？是带领子的，还是系蝴蝶结的？她的帽子上是带有羽毛，还是用花朵装饰的？或者根本没戴帽子？他不敢确定，担心一旦弄错了，就会白跑几英里路却发现追错了人。两个年轻女子咯咯地笑了起来，这让当时处于那种心情的哈里斯颇为恼怒。那年轻小伙儿似乎着急打发他，就建议他到下个镇上的警察局去问问看。哈里斯找到了警察局。警察给了他一张纸，让他详细地写清楚有关他妻子的全部信息，以及何时何地丢的。他说不上具体位置，只记得吃中饭的那个村庄的名字，那时她还与他同在，吃完了饭，他们一起离开的。

警察一副怀疑的样子，他们提出三点质疑：第一，她真是他的妻子吗？第二，他真的是丢了妻子吗？第三，他为何把她弄丢了？好在有位会说点英语的旅馆老板热心帮忙，才使得警察打消了疑虑。他们答应帮着寻找。到晚上时，他们用一辆篷车把他太太带到他面前，同时还给了他一张账单。他们的重逢温情不足。他太太不是个好演员，始终不会掩饰自己的情绪。她坦承，在这个情形下，她无意去掩饰情绪。

骑车的问题解决了，还剩下老生常谈的行李问题。

“我建议还是按常规列张清单吧。”乔治说着就准备开始写。

这是我告诉他们的办法，是我多年前从波杰叔叔那里学来的。

“每次在打包前，”叔叔总是说，“先列个清单。”

他做事井然有序。

“拿张纸，”——他总是先这么说——“把可能需要的全部写下来，再仔细看一遍，确定没有多余的东西。设想你睡在床上，要用到什么？很好，写下来——再换一个想想，起床了，要干什么？洗漱，用什么洗呢？香皂，把它写下来。就这样想着写着，直到写完为止。然后再想要带的衣服，先从脚上开始，你都穿什么？靴子，鞋子，袜子，全写下来吧，这样一直写到头上戴的。除此之外，你还需要带点什么？一点儿白兰地，写下来。开瓶器，写下来。把所有需要的都写下来，就不会忘带什么了。”

他自己每次都是这样做的。列好清单后，再仔细查看一遍，就像他建议的那样，以确保东西都带齐。之后，他会再检查一遍，划去所有可能用不到的。

然后，他又常常把清单弄丢了。

乔治说：“我们只随身带够一两天用的就行了，大件行李必须托运。”

“我们必须要当心，”我说，“我知道曾经有个人——”

哈里斯看了看表说，

“等上了船你再讲吧，半小时后，我得去滑铁卢车站接克拉拉。”

“用不了半小时就讲完了，”我说，“这是个真事儿，而且——”

“还是留着吧，”乔治说，“我听说黑森林晚上都会下雨，会有时间听你讲的。现在要做的是写完清单。”

现在回想起来，我从未能讲完过那个故事，老是被事情打断。那确实是真事儿。

第三章

哈里斯的一个缺点——哈里斯与守护神——获得专利的自行车灯——理想的车座——“检修者”——他有鹰的眼睛——他的方法——他开朗自信——他简单又低端的品位——他的貌相——如何摆脱他——预言家乔治——避免说外语招致不幸的策略——乔治欲知人之本性——他提议冒险一试——他的慎重——条件达成，哈里斯同意支持。

周一下午哈里斯过来了，手里拿着一份自行车宣传单。

我说：“你要是听我的，就把它放下吧。”

哈里斯问：“放下什么？”

我说：“那个崭新的、已获专利的、引发自行车领域革命的、打破纪录的垃圾东西。不管是什么，广告宣传单就在你手里拿的。”

他说：“哦，我还不清楚。咱们要上几个陡坡，我想，确实需要一个质量好的刹车。”

我说：“我们是需要个刹车，这我同意，但不需要一个我们自己都搞不懂的新奇玩意儿，还老在关键时刻掉链子。”

“这是自动的。”他说。

“这不用你说，”我说，“凭直觉我就能知道它是怎么回事。

上山时轮子会侧偏，所以我们得把它扛上去。到了山顶，呼吸了新鲜空气，它突然间又回归常态。下山时，它开始反思自己无用，为此而感到懊悔，最后是绝望。它会自言自语道：‘我不配作刹车，没能帮上这几个兄弟的忙，反倒成了他们的累赘。我真该死。我就是这样。’然后，不吭一声地它又罢工不干了。这就是刹车干的好事。把它放下吧。你人好，”我继续说，“但就是有个缺点。”

“什么?”他气呼呼地问。

“你太容易轻信他人，”我答道，“看到广告，就盲目地听信和跟从，傻瓜们所想到的与骑车有关的新奇东西，你都一一试验了。你的守护神能干、尽责，她已把你看透。听我一句劝，别去挑战她的耐性。自从你开始骑行，她一定忙个不停。你这样继续下去，会把她逼疯的。”

他说：“倘若每个人都像你这么想，那生活就不会有任何改善。如果没有人愿意做新的尝试，世界就会停滞不前。正是由于——”

“我知道你要说什么，”我打断他说，“我同意，人在三十五岁前是该尝试新事物，但过了三十五岁，我认为就该多想想自己了。咱俩都已经努力过了，尤其是你，还曾被一个有专利的煤气灯炸伤过——”

他说：“你知道，我确实认为那是我的错造成的，肯定是我拧得太紧了。”

我说：“我倒认为，是因你处理事情的方式不当所致，你该反思下，可以多听听大家的意见。我嘛，当时并没注意你干什么呢，只记得咱俩正在惠特比路上骑着车，心情平静而愉快，还讨论着三十年战争①的事，突然“砰”的一声，你的煤气灯就像枪击一样爆炸了，把我也掀到了沟里。我告诉你媳妇儿你并无大碍，让她别担心，有两个人会把你抬上楼，而且医生也将带着护士马上过来，但她当时那表情，我至今记忆犹新。”

他说：“你要是想到把灯捡起来就好了，我想找出引起爆炸的原因。”

我说：“当时根本顾不上，我估摸着把那些碎片捡起来得花两个小时。至于爆炸，那广告词上说它是史上最安全的灯，这本身就意味着出事故的可能性，除了你，人人都明白。还有那个电车灯。”我继续说着。

“哦，那个电灯照明效果的确不错啊，”他回答说，“你自己也这么说过。”

我说：“在布赖顿的国王路上，它灯光灿烂，还吓惊了一匹马。但我们一出肯普镇走进暗处，灯光也随之熄灭，你只好鼓足勇气摸着黑骑。你还记得吧，为了物尽其用，你曾常在阳光明媚的下午亮着车灯骑车到处跑。等到了该开灯时，它自然

---

① 1618 年至 1648 年，由神圣罗马帝国的内战演变而成的全欧参与的一次大规模国际战争，是欧洲各国争夺利益、树立霸权以及宗教纠纷剧化的产物。战争以波希米亚人民反抗奥国哈布斯堡皇室统治为肇始，最后以哈布斯堡皇室战败并签订《威斯特伐利亚和约》而告结束。这场战争使日耳曼各邦国大约被消灭了 60% 的人口，其中男性更有将近一半死亡，十分惨烈。

已疲惫得要关灯休息了。”

“那个破灯是有点儿烦人，”他喃喃自语道，“我记着呢！”

我说：“我都恼火，更别说你了。还有那些车座。”我继续说道——希望他能牢记教训：“你能想出还有哪个打广告的车座你没有试过吗？”

他说：“我一直希望能找到最理想的车座。”

我说：“你就别想了。这个世界本不完美，悲喜参半。也许另有一个更加美好的世界，那里的自行车车座是彩虹做的，填充的朵朵白云。但在这个尘世间，最简单的事就是去适应艰苦的环境。你在伯明翰买的那个车座，从中间分为两半，看着像是一对肾脏。”

他问：“你是指那个按解剖学原理制作的车座吗？”

“应该是，”我答道，“车座的包装盒封面上印有一张图，是一个坐着的骨架——或者说是骨架坐着的那个部位。”

他说：“没错，它展示的是准确的部位——”

我说：“不说细节了，我总觉得那张图不够雅观。”

他说：“从医学角度来说，那是对的。”

“可能吧，”我说，“对一个瘦骨嶙峋的人来说，是的。我试过，我只知道，像我这个肉体之躯，坐上去简直是痛苦不堪。每次骑在石头或凹槽上时，就会被夹一下，就像是坐在了性情急躁的大龙虾上。你用了有一个月呢。”

“我想应该充分试驾后才能给出一个公正的评价。”他回答说。

我说："你倒是也给了家人一个艰难的考验[①]，如果我能这么说的话。你媳妇儿告诉我，自从嫁给你，从未见过你在那个月里那么脾气暴躁，一点儿不像基督教徒。你还记得座底带弹簧的那个车座吧？"

他问："你是指那个'弹簧座'？"

我说："我是指让你猝然上下颤动，像打开玩具盒即跳出的奇异小人一样的那个。有时你还能回坐到原位，但有时就不能。提起这些事，不仅是要回忆那些痛楚，我想让你记住，这个岁数不宜再冒险尝新了，这是不明智的。"

他说："别老喋喋不休地提我的年龄。一个三十几岁的男人——"

"什么的男人？"

他说："你若不想要，就别要了。但下山时，你和乔治被甩到教堂屋顶上，可别怪我啊。"

"我不能替乔治承若，"我说，"你知道，有时一件小事都能惹怒他。如果真是出了你说的这种事，他会火的，不过，我负责向他解释说这不是你的错。"

"车子没问题吧？"他问。

"那双人车，"我答道，"好着呢。"

他问："你检修了吗？"

我说："没有，也不会有谁去检修。现在一切正常，在我

① 此处原文为 a fair trial，意为考验期，艰难时期。在前一句中用了同一个短语，其中 trial 有试用和评判之意。作者通过使用双关语达到幽默的写作效果。

们出发之前都没有问题。”我体验过这种所谓的检修。以前在福克斯通有个人，我常在利斯见他。有天晚上，他提议我俩第二天去远途骑行，我同意了。我一早就起床，对我来说算是早的，还经过了一番思想斗争，为此我感到沾沾自喜。他迟来了半小时，我一直在花园里等他。那天风和日丽。他见面时说：

“你这自行车挺漂亮的，好骑吗？”

“哦，车子都差不多吧！”我答道，“早上骑起来飕飕儿的，午饭后就蹬着费劲了。”

他抓住车子的前轮和车叉，猛力地晃动。

我说：“你不能那么晃，会晃坏的。”

我想不通他为何要这么做，车叉没招惹他。再说了，要晃，也该是我，轮不到他呀。我当时的感受就像是他在打我的爱犬一样。

他说：“这前轮是摇晃的。”

我说：“你这么摇，当然是晃的啦。”其实，之前是好的——一点也不晃的。

他说：“这样有危险，你有钉锤吗？”

我本该坚决点，不听他忽悠，可一想，没准儿他真的懂点行，就到工具房去找工具。我回来时，见他正坐在地上，两腿夹着前轮子，手在来回摆弄着玩儿，车子的其余部分倒放在他旁边的卵石小路上。

他说：“你的自行车前轮有问题了。”

“貌似是的，不是吗？”我答道。但他这种人对幽默永远都不敏感。

他说：“我觉得好像是轴承都有问题了。”

我说：“别再为此费心劳神了，你会把自己搞累的。咱们还是把它装上就动身吧。”

他说：“我们应该找找毛病出在哪里，反正轮子已经下来了。”听他说得好像轮子是偶然自己掉下来似的。

我还没来得及阻止，他就已经不知从哪儿拧下个什么零件，接着十几颗小滚珠撒下来，滚在路上到处都是。

“快拾起来！”他嚷着，“快拾起来！一个也不能丢。”他的神情有些紧张。

我们蹲在地上来回找了半个小时，才找到了十六颗。他希望全都能找到，否则，会严重影响车子的质量。他说拆卸自行车时，千万要小心，不能丢掉任何一颗滚珠，应边拆边数，并确保安装时把所有的滚珠放回原位。我答应他一旦我要拆自行车，一定会牢记他的忠告。

保险起见，我把滚珠都放进帽子里，又把帽子放到门口台阶上。我知道这事儿办得不聪明，真是傻透了。我一般不犯糊涂的，一定是被他影响的。

然后他说，安装时，他会保证帮我装好链子，说着，就立马开始拆卸齿轮箱。我力图劝阻他，我告诉他，我的一个经验丰富的朋友曾正儿八经地对我说过：

“若是齿轮箱出了毛病，就干脆把车子卖了，重买辆新的，会更划算。”

他说：“说这话的人根本不懂行。再没有比拆齿轮箱更简单的了。”

我不得不承认，他说的没错。不到五分钟的工夫，他就把齿轮箱拆成了两半，倒放在地上，弯腰又找开螺丝了。

他说自己总是百思不得其解，螺丝怎么就不见了。

我们继续找着螺丝，这时，埃赛尔伯塔出来了。看见我们，她似乎很惊讶，以为我们数小时前就已经出发了呢。

他说：“我们很快就好。我正帮你丈夫检修他的车子。车子不错，但所有零件都需要不时地进行检查。”

埃赛尔伯塔塔说：“你们干完了若想冲洗下，不介意的话，可以去后厨房洗。姑娘们才整理完卧室。”

她告诉我说，要是见到凯特，她们可能要一起乘船去玩玩，但她一定会回家吃午饭的。我原本可以花上一英镑和她一起去玩玩的。站在这儿，看这傻瓜拆卸我的自行车，我感到心堵。

常识一直在耳边提醒我：“阻止他，别让他再胡闹了。你有权保护自己的私有财产免遭毁坏。他是个疯子，抓住他的颈脖，把他踢出门外去！”

但每当会伤及别人的感情时，我总是心太软，只好任由他在那儿瞎捣鼓。

螺丝还没找全，他就不找了，还说等你不想找时，螺丝自己会出来的。现在，他要修理车链条。他先将其调紧到不能转动，之后又调得比原先松了一倍。然后，他说我们最好想想如何能把前轮重新安上。

我掰开前叉，他费了半天劲，也没装上。过了十分钟，我让他掰着前叉，我来装轮子。于是，我们交换了位置。才一分钟的工夫，他又放下车子，双手合十夹在大腿间，围着槌球草坪走了一小会儿，边走还边提醒我当心手指不要被车叉和轮辐夹伤了。我回复他说，凭我个人的经验，他提醒得很对。只见他用两块抹布把手包好，我们又接着干起来。终于把轮子安装好了。刚装完，他突然大笑起来。

我问："你笑什么？"

他说："唉，我就是个傻缺。"

这是第一次，他的话令我对他刮目相看。我问他为什么这么说。

他说："我们忘记装滚珠了！"

我赶紧找我的帽子，它在路中间，被揉成了一团。埃赛尔伯塔塔的爱犬狼吞虎咽，居然在吃那些滚珠。

"他会害死自己的，"埃布森说——我记得他是叫埃布森。那天分别后，一直没再见过他，老天保佑。——"那可是钢珠啊。"

我说："我倒不担心这狗。这个星期，它已吃下一条靴带和一盒针了。大自然是最好的向导，看来小狗们需要这种刺激了。我在担心我的自行车。"

他心情愉快地说："好，我们必须把所有找到的滚珠都安上，相信吉人天相吧。”

我们找到了十一颗，一侧放了六颗，另一侧放了五颗。半小时之后，轮子又归置原位了，但现在车明摆着是摇晃的，连小孩儿都能看出来。埃布森说暂且没什么问题。他看起来有些乏了。若此时我提出让他回家的话，我相信，他一定会走的。但我决定得先让他把车子给装好再说。至于骑行，我已经打消了念头，这自行车所带给我的那点自豪感，也被他抹杀了。现在唯一的乐趣就是看到他被自己刮了、磕了、夹了。于是，为了让他振作精神，我端上一杯啤酒，还夸了他几句。我说：

“看你修车真让我获益良多，不仅是你的技术与熟练令我赞叹，还有你身上的开朗自信，以及你那无法言喻的冀望乐观，使我深受启发。”

受此鼓励，他立即着手重新修理齿轮箱。他把车子靠墙立着，在外侧干了起来。一会儿，又把车靠在树上，在另一侧捣鼓了一阵。接着，我帮他扶车，他躺在地上，头在前后轮之间，从下面忙乎一番，机油滴到了身上。然后，他接过车子，弓腰跨上，像个驮鞍似的，又终因失去平衡，翻倒在地，磕了脑袋。他说了三遍：

“谢天谢地，终于修好了！”

又说了两遍：

“不，决不会是这样！”

第三遍说的什么，我不想去回忆了。

之后，他大发脾气，拿我的车子出气。但我欣慰地看到我的车之魂，使得接下来所发生的事情升级为几乎是他和车之间的一场混战。此时，自行车倒在石子路上，他压在车子上。彼时，双方互换位置——他倒在路上，自行车压在他身上。现在，他站起来了，两腿紧紧地夹着车子，为胜利而自豪。然而，胜利只是昙花一现。顷刻间，自行车挣脱了出来，倒向他，一侧的把手正好击中他头部。

差一刻一点时，污手垢面、衣容不整、伤口血流不止的他爬起来，擦了擦额头说："我觉得应该没问题了。"

车子看起来也像是吃尽了苦头。说不清哪一方损伤严重。我带他去了后厨房，没有苏打水和适当的用品，他将就着冲洗干净后，我送他回家了。

我又叫了一辆出租车拉着自行车去最近一家修车铺。领班上前来看了看，问道："你想怎么修？"

"我想，"我说，"尽量让它恢复如初吧。"

"有点难度，"他说，"我尽力吧。"

他尽其所能，因而收了我两镑零十便士。但木已成舟，实难挽回了。我只好在季末，把它送给了代理商，请他代卖。我不想欺骗人，交代他告诉有意向的买家这是去年的一款车，但他认为无需提及年份之事。他说：

"做这一行，真假不是问题，关键是怎么让人能相信你。现在，你知我知，这辆车不像是去年的款了。从外观上看，倒像是骑了十年的。我们不提年份，尽力卖个好价钱就行了。"

我把这事交由他处理，他给了我五英镑，说已经超出了他预估的价位。

自行车可为你提供两种锻炼的方式：“检修”和“骑行”。总之，我确信那些以修车为乐的人从中获得了最大的好处。他不受天气的影响，不受路况的困扰。给他一把钉锤、一捆碎布、一个油罐，和一个能坐的东西，他就能快乐一天。当然，他也得克服一些不利因素，世上没有十全十美的快乐。他永远都像个修车匠，还时刻惦记着设法改装那偷来的自行车。不过，他几乎从未敢越雷池一步，这倒也没什么关系了。有些人误认为他们能在同一辆自行车上兼得这两种方式的运动，那是煎水作冰，不可一车二用，因其承受力有限，你只能二选一，当“检修者”或是骑行者。我个人喜欢骑行，所以我一直谨慎，不为任何检修的诱惑所动。每当车子出了毛病，我就推到最近的修车铺去。如果离镇子或村庄太远而走不到的话，我就在路边等着搭乘路过的马车。我发现，我的主要诱惑来自于四处游荡的检修者。他们只要看见车坏了，就会像乌鸦见到路旁的死尸般地猛扑过来，在示意友好的叫声中带着得意。起初，我总是婉言谢绝。我会说：

“没什么，不烦劳您了。您忙自己的去吧。权当是帮我了，请您离开吧。”

然而，经验告诉我，在这种异常情况下，礼貌无济于事。现在，我就直接说：

“你走开吧，别碰我的车，否则，我就敲掉你那愚蠢的脑袋。”

如果你很坚定，再拿根短粗的棍棒，一般来说，就能赶走他。

这一天的晚些时候，乔治进来了。他问：

“唔，一切都准备好了吗？”

我说：“周三前我这儿没问题，只要你和哈里斯没事。”

他又问：“双人车没问题吧？”

“双人车，”我说，“一切正常。”

他说：“不需要检修一下吗？”

我答道：“岁月和经验告诉我，几乎没有什么事能让一个男人坚定信念，那么眼下，我只对屈指可数的几件事坚信无疑，其中之一就是这辆双人车不需要检修。如果我还活着的话，我敢说从现在起到周三早上，没有人会去检修它。”

乔治说：“我是你的话，不会为这种事动气。也许在不远的某一天，你的车子出毛病了，不得不送去修理，虽然你早就想歇歇脚，但离最近的修车铺还隔着几重山，你只好向路人大声求问油罐该放哪里、钉锤怎么用。当你费力地把车靠树放稳时，你就该盼着能有人来帮着清洗链条，再给后轮胎打点气。”

我觉得乔治的责备有些道理——有一定的预见性智慧。我说：

“原谅我的漠视。其实是早上哈里斯在这儿——”

乔治打断说：“别说了，我明白。另外，我是来和你说别的事。你看。”

他递给我一本用红布封面装帧的小册子，是为德国游客编写的英语会话指南。第一章是“在汽船上”，最后一章是“在医院”，最长一章的主题是在火车车厢里的会话，显然，会话者们都是些粗鲁、爱吵架的疯子：“先生，您不能离我远点吗？”——“不行，夫人，我旁边这人很胖。”——“咱不能把腿放好吗？”——“劳驾，请把胳膊肘放低点。”——“夫人，希望您靠在我的肩上，不会感到有何不便。”不管这话是否带有讥讽意味，其意思很明显——“我确实得请您挪一下了，夫人，我快喘不动气了。”编者给出的情景想必是车厢里的乘客此时都挤成了一团。该章的结束语是：“谢天谢地，我们终于到达目的地了。”一声虔诚的感叹，在当时的情形下，听上去一定像是大合唱。

在书后附录里，列出了德国游客在英国旅游期间保持健康和愉快的一些贴士，其中主要的几条有：要始终随身携带消毒粉、晚上锁好房门、仔细清点零钱。

“这种书没什么意思，”我说，把书还给了乔治。“我个人是不会把它推荐给将要来英的德国游客，我觉得会引起他们的反感。我也看过在伦敦出版的几本指南，是写给出国游的英国人看的，全是垃圾。不知哪位有学问的白痴，把七国语言混为一谈，装模作样地编写了这些当代欧洲旅游手册，提供的都是些错误的资讯和攻略。”

“你不可否认，”乔治说，“这些书的需求量很大。我了解到，已卖出数千册了。在欧洲的每个城市，到处都能听到人们在照搬书里的会话。”

“有可能，”我说，“好在没人听得懂。我在火车站站台以及街角也见到过有人在大声念书里的会话。没人知道他们讲的哪国语言，也没人能听懂他们说的什么。可能真要是有人听懂了，他们就会受到攻击。”

乔治说：“也许你是对的。我真想看看，如果有人听懂了，会是什么情况。我建议，咱们周三早上早点到伦敦，就以这本书为指南，花上一两个钟头逛街和购物。我想先买一两件小东西——帽子和卧室拖鞋。我们的船十二点才从蒂尔伯里出发，所以我们有宽裕的时间。我去试试书里写的这些会话方式，看看效果怎样，再看看以这种方式和外国人说话，他们作何反应。”

这个主意极富冒险性，我很感兴趣，主动提出陪他一起去，到时我等在店外。我说哈里斯也应该会愿意一起进店的，或等在外面。

乔治说这并不是他最初的计划。他想的是我和哈里斯都陪他进店里。哈里斯看上去很强悍，有他在场给撑腰，我在门口可随时报警，他说愿意去冒险一试。

我们走到了哈里斯家，把这个想法说给他听。他仔细地看了一遍书，特别是与买鞋帽有关的章节，然后说：

“乔治若是照这书里写的去和卖家说话，那他需要的就不是支持了，他需要被送进医院。”

这话让乔治很生气。

“看你说的，”乔治说，“好像我是个愣头愣脑、有勇无谋的小青年。我当然会避免用那些粗俗、侮辱人的语言，而选用礼貌一些、不惹人生气的话来说的。”

这一点沟通好了，哈里斯同意配合，我们决定下周三一早就出发。

第四章

哈里斯何故认为家里不需闹钟——孩子们的社交本能——孩子关于清晨的思考——不眠的守夜人——他神秘莫测——他急于求成——夜思——早餐前的创作——好羊与恶羊——善良的弊端——哈里斯的新炉子出师不利——波杰叔叔的日常出行——老年市民被视为赛跑者——我们抵达伦敦——我们以游客的语言说话。

星期二傍晚，乔治来到哈里斯家，并留下过夜。我们认为这样的安排要比他自己的提议更妥当。他原本想让我们一早出发时顺路去他那儿接上他，就是说我们要把他从被窝里拖出来，摇醒，从而开启新的一天——这实为一桩累人的差事。我们还要帮他找东西、装行李，等他用完早餐。从旁观者看来，是既无聊又可笑，简直令人生厌。

我清楚如果乔治睡在哈里斯的“乞丐窝”里，他准能按时起床。我自己体验过，知道是什么情况。你以为是大约午夜时分，实际上可能要更晚一点儿。你刚入睡，突然被过道里的吵闹声惊醒，听着像是骑兵队在你的房门外疾驶而过。你在半梦半醒间，弄不清究竟是夜贼入室，还是世界末日，或煤气爆炸。你腾地坐了起来，仔细辨听。没过多一会儿，已是次日早晨了，你又听到猛烈的摔门声，像是有人或是茶盘里的什么东西从楼上滚了下来。

“我告诉过你的。”外面有人说，紧接着又听到什么硬东西弹撞你的门板，从其声音维度判断，像是头部。

这时，你慌乱地满屋子到处找衣服。睡前你放衣服的地方已空无一物，衣服消失得无影无踪。而此时，这场谋杀案，或是革命，或无论什么，仍未得到制止。你沉静了片刻，俯身把头探到衣柜下面，想找拖鞋，结果听到了远处持续的砰砰敲门声。你猜想，受害者应该就藏在那里，他们是要把他拉出来解决了。你能及时去营救他吗？敲门声停止了，一个可爱、令人欣慰的声音懦怯地问道：

“爸爸，我能起床么？”

你听不到另一个声音，只听那小孩儿回答说：

“不是，是洗澡——没有，她没受伤，只是弄湿了。好的，妈妈，我会把你的话告诉他们的。不是，一个意外而已。嗯，爸爸再见。”

接着，这孩子提高了嗓门对着屋内的远处喊道：

“你们还得再上楼。爸爸说不到起床时间呢。”

你也回到床上躺下，听到有人被拽上了楼，显然是很不情愿。看得出主人是经过精心安排的，几个没住人的房间正好都在孩子们的房间楼下。你可以断定，那个被拽上楼的孩子仍在顽强抵抗，但还是被按回到床上。你能相当精准地定位跟踪这场搏斗，因为每次孩子被摔回到席梦思上，在你头顶正上方的床架就会震动，而每次你听到地板上咕咚一声，你就知道那孩子成功地挣脱下床了。过一会儿，搏斗的声音减弱了，也可能是床已散架，你又不知不觉地睡着了。但是瞬间，仿佛是瞬间，你又睁开眼睛，清醒地看到眼前的一切。你的房门半掩半开着，门口摞着四张严肃的面孔，正直勾勾地盯着你，感觉你是被特别存放在这里的某种天然珍品。见你醒了，最上面的那个脸跨过其他三个镇静地走进来，友好地坐到床边。

“哎呀!”他说，“我们不知道你醒了。我都醒了一会儿了。”

“我猜到了。”你简短地答道。

“爸爸不喜欢我们起得太早，”他接着说，“他说只要我们一起床，房子里所有的人都会被吵醒。所以，当然了，我们不能起得太早。”

他的语气温顺，折射出善良、自尊的天性，和自我牺牲的觉悟。

“你这还不算起床么?”你诱导性询问。

“哦，不算，我们还没起床呢，你看，我们都还没穿好衣服。”这倒是明摆着的。“爸爸早上总是很累，”孩子接着说，“当然啦，那是因为他白天工作很辛苦。你早上也会累吗?”

这时候，他转过身去，才发现其他三个孩子都已经跟进来了，他们围成半圆坐在地上。从神态上看出，他们明显是误认为这里将要上演脱口秀或魔术表演之类的节目，正在耐心地等着你起床后表演点儿什么。第一个进来的孩子意识到他们竟然来到客人的卧室，感到很吃惊，立马命令他们出去。他们却不理睬，也不争辩，坐在那里鸦雀无声。突然，他们同时都扑到第一个孩子的身上。你从床上看过去，他们手脚挥舞扭成一团，活像一只喝醉的章鱼在寻找自己的屁股。他们谁也不说一句话，这似乎是一种成规。你若穿着睡衣，从床上跳起来，只能是添乱；你若穿得低调简单，待在原地呵斥住手，他们充耳不闻。所以，最简单的办法还是让大儿子去处理吧。他确实不一会儿就把他们都撵出去，随即关上门。但是，门接着又开了，一个孩子，一般是缪里尔，一头扎了进来，像是被弹弓发射进来似的。长发成了她的软肋，因为容易被人抓住。她很清楚这一点，只见她一手紧握头发，另一只手握拳出击。大儿子再次打开门，他聪明地顺势把缪里尔当作武器，去抵挡进攻的人墙。你能听见缪里尔的头和外面两个头碰撞发出的闷响声，他们被冲散了。完胜后，他又坐回到床边。从他身上看不到战斗过的艰辛，他已将其全抛在脑后。“我喜欢早晨，”他说，“你呢？”

“有些，”你表示赞同，“很不错，但有些不是那么太平。”

他毫不理会你的异议，他那脱俗的脸上流露出恍惚的神情。

“我想把生命永远定格在早晨，”他说，“此时的一切多么美好。”

“嗯，”你回答说，“如果你老爸邀请了一位急躁易怒的客人来家里过夜，又事先没提醒他这里的情况，也许你会的。”

他从沉思中回过神来，恢复了平常的自己。

“花园里真让人陶醉，”他建议说，“你不想起床去打会儿板球么？”

若想睡觉的话，这个主意不可取，但现在，事已至此，比起无奈地清醒着躺在床上，这个计划还不赖，于是你同意了。

那天，后来你才得知，孩子们的解释是因你睡不着，一大早就醒了，想去打板球，而孩子们接受的教育是任何时候都要以礼待人，陪客人是他们的职责。吃早饭时，哈里斯太太抱怨说，至少你该让孩子们穿好衣服，再带他们出去。哈里斯也感伤地对你说，有你这一次的榜样和助长，他数月的努力全都泡汤了。

到了周三早上，乔治大概是嚷着要五点一刻起床，还让孩子们跟他学绕黄瓜架骑车的技术，并说服了哈里斯同意借用他的新车。这次，哈里斯太太没有责备他，因为她感觉这不可能是乔治一人的主意。

哈里斯的孩子们没有以牺牲朋友或伙伴为代价来逃避责怪的意思。他们个个都很诚实且勇于担当。他们对事情的理解很直接。你向他们解释你原本没打算清晨五点就起床去槌球草坪打板球，或是效仿罗马天主教徒用十字弓[①]射击绑在树上的假人，其实，你真想随心所欲，美美地睡上一觉，直睡到八点被轻柔礼貌地叫醒，并送上一杯茶水，他们听后会先感到惊讶，

① 中国弩弓在欧洲的称呼。欧洲十字军战士将十字弓的威名远播于西方世界。在教皇发动十字军东征的两个多世纪，最重要的兵器就是十字弓。

接着是歉意，最后是负疚。至于眼下乔治不到五点就醒来，究竟是睡到自然醒的，还是因为一个意外飞进他卧室窗户的自制飞镖吵醒的，这个纯学术问题因为可爱的孩子们坦率地认错和自责而得以解决。如同大儿子所说：

“我们本该想到乔治叔叔白天还有很多事要做，我们本该劝他多睡会儿的，这都是我的错。”

但是偶尔改变一下作息时间，对任何人都没有坏处，而且，我和哈里斯都认为，这对乔治来说是有益的锻炼。我们早就决定，等到了黑森林，每天五点钟起床。其实，乔治自己提出四点半就起床，但我和哈里斯说差不多五点起就够早了，不会耽误我们六点出发，这样，能赶在白天最热的时候之前，骑完多半的路程。偶尔可以早点走，但不必天天如此。

那天早上我自己五点起来的，比我计划的要早。睡前我给自己定的“六点，准时起”!

我知道有人到点自己就能准时醒来。他们躺下时对自己说“四点半”，“四点四十五”或“五点一刻”，视情况而定，等时间一到，他们立刻睁开眼睛。真是不可思议，你越细想，就越觉得神奇。一定是脱离意识而独立存在的某个“自我”，无需借助钟表、太阳，或任何我们认知的某种媒介，当我们熟睡时在给计时，在黑暗里默默地为我们守望。时间一到，它会轻声地说“时间到了”，我们即刻醒来。我曾跟一个守河堤的老伙计聊过，他的工作要求他每天早上涨潮前半小时起床，他说从来没有一次晚起过一分钟。后来，他甚至从不用掐算潮汐的时间。晚上疲惫地躺下，睡个无梦的好觉，到了早晨，那隐形的守夜人犹如潮汐自身，会在不同的时间点默默无闻地负责叫早。是他的灵魂在夜幕下游走于泥泞的河岸，还是那守夜人通晓大自然的规律？何是何非，这个老伙计自己毫无察觉。

我的情况有所不同。我的守夜人似乎对自己的工作有些生疏。他尽其所能，却急于求成，他越怕出错，就越容易错。比如，我告诉他，“五点半，请叫醒我”。结果，才两点半，他就开始叫我了。我看了下表，他说也许是我忘了给表上发条。我把表放到耳边，听见表针在走。他又认为可能是表出问题了，他坚信至少已是五点半了。为了让他心悦诚服，我穿上拖鞋去楼下餐厅看表。深更半夜裹着睡衣、趿拉着拖鞋在房间里游走，可想而知会出什么状况。多数人都有过类似的经历。所有东西——特别是带尖角的——都在暗自得意，准备要袭击他。你若穿着一双厚实的靴子，所有东西都会为你让路，但你若光脚穿着绒绣拖鞋穿梭于家具之间，你就会踢到什么。我非常生气地回到床上，拒绝听他荒谬的狡辩，他竟然说房子里所有的钟表合谋起来骗我。过了半个小时，我才又睡着了。从四点到五点，他每隔十分钟就叫醒我一次。我真后悔，不该让他叫我起床。到了五点，他累了，自己去睡了，把这差事交给了一个女孩子，结果，她比平时晚了半个小时才来叫我。

就在这个周三，我被他烦的不得不五点就起床，只为躲避他。起来后又无所事事，火车八点才开，行李都已打包，已经在前一天晚上同自行车一起送到芬乔奇街车站[1]了。我走进书房，想写上一个小时的东西。一直认为大清早不适宜搞创作，腹中空虚。故事只写了三段，然后，自己通读了一遍。我的作品曾遭受过一些非议，但还没有看到褒扬这三段内容的评论，因为我已将其扔进了废纸篓里。我坐下来，仔细回想是否有任何慈善机构愿为处于衰退期的作家赞助点儿补助金。

不能再这样随心乱想了，我拿了个高尔夫球放进口袋，选了一根球杆，溜达着进了小围场。两只羊正在吃草，它们尾随着我，对我打球产生了强烈的兴趣。其中一只是友善、富有同情心的老羊，我想她并不懂这项运动，大概是被我大清早跑来做这般无聊的事所吸引。我每击一球，她就咩咩地叫：

“好——球，太——好——啦！”

她高兴得好像是她自己打了好球。

另一只老羊脾气古怪、难以相处，她的朋友在给我加油，她却在泄劲。

“臭——球，太——臭——啦！”我几乎每击一球，她都这样瞎起哄。事实上，有几个球打得相当漂亮，可她就是故意跟我作对，想激怒我。我能看出来。

一场意外的事故，令我深感遗憾。飞得最快的其中一球，正好击中那只好羊的鼻子。见此，恶羊大笑起来——笑得洋洋得意、肆无忌惮，笑声嘶哑粗俗，而好羊却被吓得呆立在那

① 英国伦敦东南部的一个铁路车站，是伦敦面积最小但最为繁忙的车站。

儿，一动不动，像是被粘在了地上。恶羊头一回变换了声调，咩咩叫道：

“漂——亮，很——漂——亮！打——得——很——精——彩！”

如果我击中的是那恶羊，我宁愿倒贴钱。然而，在这个世界上，总是好人多磨难。

我在围场里待得忘了时间，埃赛尔伯塔来告诉我已经七点半，要吃早餐了，我才想起胡子还没刮呢。我急忙随便刮了两下，这令埃赛尔伯塔很不高兴。她怕我邋遢的形象会让外人觉得我精神抑郁，有自杀倾向，以至于会让邻居们说闲话，以为我们夫妻不和。她还暗讽我说，我的相貌不容糊弄。

总之，我很高兴，这次和埃赛尔伯塔道别时不用啰唆个没完，我可不想惹她难过。我本该多向孩子们叮嘱几句的，尤其是我的鱼竿，别拿去当板球门柱用了，而我又讨厌赶火车。在离火车站还有四分之一英里时，我赶上了乔治和哈里斯，他俩也在急乎乎地跑着。他们晚来的原因是——当我们并排小跑时，哈里斯上气不接下气地告诉我——都怪厨房的新炉子。今早是第一次用，不知何故，锅里的腰花溅出来烫伤了家里的大厨。他希望等我们回来时，炉子就用得顺手了。

我们差点儿误了火车，真有俗话所说“死里逃生”的感觉。我们气喘吁吁地坐进车厢，回想着早上发生的一切，波杰叔叔赶火车的情景又历历在目。一年中有二百五十天，他都在赶九点十三分的火车，从伊灵公园去穆尔盖特街。

从他家到车站走路八分钟。他总是说：

“留出一刻钟的余地，就不用着急忙慌的了。”

可他实际上总是提前五分钟才出门奔跑。我不知何故，但这是郊区这一带的习俗。那时，许多长得肥实的伦敦绅士住在伊灵——我想现在还有一些仍住在那里——他们赶早班火车去市里上班，但都不提前出门。他们一只手拿着黑包和一份报纸，另一只手拿把雨伞。无论天气好坏，他们都是在距车站还剩四分之一英里时，开始狂奔。

那些无所事事的人，主要是女佣和跑腿的男孩儿，时而还有沿街叫卖的小贩加入，通常在晴朗的早晨，不约而同地聚在一块儿，看着他们匆匆跑过，还为跑在最前面的人加油。这算不上是表演赛，他们跑得不好，也跑不快，但他们都很专注，拼了老命在跑。与其说这个场面激起了人们对美的崇敬，倒不如说是对尽心竭诚精神的由衷敬佩。

偶尔，人群中会下个赌注，娱乐一下。

“二比一，穿白马甲的老先生会输！”

“十比一，押老吹管，赌他路上不摔跤！”

“押帝王紫峡蝶①！”这个绰号是一个喜欢昆虫学的年轻人送给我叔叔的一个邻居的，一位退伍军人——他待着不动时仪表堂堂，但一动起来脸就涨得通红。

① 一种温带蝴蝶，分布地在欧洲和亚洲，习惯高飞在树林顶上，地上如有腐尸，雄蝶会被吸引而前往摄食。

我叔叔和其他人要给《伊灵报》[1]写信，强烈投诉当地警察坐视不管，编辑也将就“下等阶层的文明退化”一题发表社评，特别是针对整个西郊地区。但均未见效。

其实，不是我叔叔起得晚了，而是在出门前的一刻，总会出各种状况。先是早餐后找不到报纸。通常一看到他惊讶愤怒的表情，我们就知道波杰叔叔又丢东西了。这时，他总要怪罪全世界的人，却从不对自己说：

“我是个粗心的老头，总是丢三落四的。我老不记得把东西放哪儿了，自己也找不到了。我这样一定给大家惹了很多麻烦，我必须得改改了。”

相反，他的逻辑很奇怪，他深信任何时候丢了东西，都是家里其他人的错，而自己没错。

“刚才还在我手里拿的！”他大声叫嚷着。

听他的口气，你还以为他生活在魔法师中间，是他们对东西施了咒语只为惹他生气。

“你会不会放在花园里了？”我婶儿提醒道。

“我为何要放在花园里？我不想放那里，我要带上火车看的。”

“你没放口袋里？”

“上帝保佑这个女人！都差五分九点了，要是报纸一直在我口袋里，你以为我还会站在这儿找吗？你当我是白痴啊？”

---

① 当地一家媒体。

这时，有人会说，“这是什么？”然后递给他一份叠得整整齐齐地报纸，也不知从哪儿拿来的。

“我真希望你们都别碰我的东西。”他吼叫着，粗暴地一把夺过报纸。

他打开提包，把报纸放进去，又停下来，扫一眼，愤而不语。

“又怎么了？”婶子问道。

“这是前天的！”他回答说，气得喊不出话了，把报纸一把摔在桌子上。

偶尔换个说法，说是昨天的多好啊，但他每次都说是前天的，若在周二，他就会说上周六的。

真是骑着驴找驴，我们最终在他身子底下找到了。然后，他略露笑容，那是牵强的微笑，是一个人感到自己与一群不可救药的白痴共命运时所露出的疲倦的笑容。

“每次都是，就在你们眼皮子底下——！”他只说一半就不说了，还得意自己有自控力。

这事儿解决了，他朝门厅走去，我的玛丽亚婶婶照例把孩子们都叫来，准备和他道别。

我婶儿每次外出，都要和每个家人亲切地道声别，即使是去隔壁邻居家串个门。她常说，谁也不知道会发生什么。

这个时候，一定会有个孩子不见了踪影，其余六个孩子一经发现，便毫不迟疑，立马一哄而散，四处去找。他们刚一走开，失踪的孩子不知从附近的哪个角落冒出来，还总是义正词严地为自己开脱。然后，又立刻跑去找那几个孩子，让他们别再找了。就这样你找我，我找你，至少五分钟过去了，这期间我叔叔找到雨伞又丢了帽子。最后，大家终于重新聚齐在门厅，此时，客厅里九点的钟声即将敲响。那冰冷、逼人的钟声总是把我叔叔搞得不知所措。慌忙中，有的孩子他亲了两遍，有的他又错过了，记不准亲过谁了，谁还没亲，只好从头再来一遍。他常说，一定是孩子们故意捣乱，我也不想坚持说这个指控全无道理。尤其是一个孩子脸上老是黏糊糊的，还总是这孩子最缠人，这更给他增加了麻烦。

如果一切都太顺利，没惹出什么乱子，这时大儿子就会出来编谎子，说家里所有的钟表都慢了五分钟，害得他一天上学迟到了。这会让我叔叔性急地冲到门口，又猛然想起自己既没拿包也没带伞。孩子们全都跟着他冲出去，两个人抢着拿伞，其他的争着提包，我婶儿也无可奈何。当他们回来后，大家发现叔叔还是把最重要的东西忘在了门厅的桌子上，不知道他回来要怎么说了。

九点过一点儿，我们到达滑铁卢车站，立刻展开了乔治的试验计划。我们翻开题为“在出租马车站”这一章，走到一辆双座马车前，摘下帽子，向车夫问“早安”。

这位车夫不想在礼节上输给外宾，不管真外宾还是冒充的，他叫一个“查尔斯”的朋友帮他“拉住缰绳”，自己跳下车厢，朝我们鞠了一躬，若特维多普先生①在世，他定会感到

① 19世纪英国批判现实主义小说家查尔斯·狄更斯《荒凉山庄》中的人物，一向以老绅士为荣，对工业发达后人们失去绅士风范而感到惋惜。

自豪。车夫以代表国家的口气，欢迎我们来到英格兰，还为女王陛下此刻不在伦敦而深表歉意。

我们不知该如何以礼回应，书里没有写到。我们称呼他“马车夫”，对此他又朝着马路鞠了一躬。我们问他能否送我们去威斯敏斯特桥路。

他把手放在胸前，说非常乐意。

乔治选用了这一章里的第三个句子，问他车费是多少。

这个问题让谈话沾上了铜臭味，似乎伤害了他的感情。他说从不向尊贵的客人收费，倒是可以给他纪念品——钻石领带夹、黄金鼻烟盒，诸如此类的小东西，能让他记住我们。

随着一小群人聚集过来，车夫的玩笑也开得越来越没边儿了，我们不想再多说什么，便上了马车，在一片欢叫声中离开了。刚过阿斯特利剧院①，有一家鞋店，看上去像是我们要找的地方，于是，就让马车停了下来。这家店里的靴子爆棚，早上还拉着百叶窗呢，靴子已经摆出店外了。一摞一摞的靴盒子摆到了人行路上和对面的排水沟里，门上和橱窗上到处悬挂着靴子，遮帘也仿佛成了灰蒙蒙的藤蔓，挂满了一串串黑色和棕色的靴子。店内就像一个靴子博物馆，我们进去时，店主正忙着用凿子和锤子拆开一个装满靴子的货箱。

乔治摘下帽子说：“早上好。”

店主连身都没转一下，让我第一感觉是他不太好说话。只

① 位于伦敦威斯敏斯特桥路的一个圆形表演场。1773 年由菲利普 · 阿斯特利创办开业，标志着现代马戏的形成，阿斯特利也被誉为“现代马戏之父”。

听他咕哝了一句什么，可能是“早上好”，也可能不是，又继续埋头干他的活。

乔治说：“我的朋友 X 先生推荐我来你这里。”

按书上写的，他本该回应说：“X 先生真是个好人，能为他的朋友服务是我莫大的荣幸。”

而他却说：“不认识此人，从没听说过。”

这令我们很尴尬。书里列出了三四种买靴子的方法，乔治认真挑选了以“X 先生”为情景的这个最文雅的一种。你和店主多聊聊“X 先生”，以此增进和他之间的友谊和了解，然后，你就自然从容地直奔主题，那就是，你要买“物美价廉”的靴子。但显然，眼前这个粗俗、倔强的店主不喜欢这些繁文缛节，同他这样的人做生意，必须干脆点儿。乔治放弃了“X 先生”，翻到前一页，随意挑了一句。不幸，正好挑中一句万能的废话。在当下我们被靴子围堵，陷入四面楚歌的境地，这句话无疑暴露了我们的愚笨。这句话是：“有人告诉我，你这儿卖靴子。”

店主这次放下了凿子和锤子，看着我们，声音沙哑、一字一顿地说：

“你说我囤这些靴子要干吗——闻味儿么？”

他是属于开始沉默不语，但发起火来就不可控制的那种人，内心的压抑像酵母一样在体内慢慢发酵。

“你说我是干什么的，”他接着说，“靴子收藏家？你说我开这店是为什么——锻炼身体？你以为我对靴子情有独钟，爱不释手吗？你以为我四处挂的靴子，只为观赏？还不够多吗？你觉得你是在哪里——国际靴子博览会？你说这些靴子都是干什么用的——古董收藏？你还听说过有人只开店不卖鞋吗？你觉得靴子只是用来装饰美化店铺的？你把我当成什么了——头号白痴？”

我一直坚持认为这些旅行会话书一点儿不实用。我们想要的是这个有名的德语习语“保持冷静，别发火”① 所对应的英语表达。

把这本书从头至尾看完，也没找到类似的表达。但值得称赞的是乔治从中选用了一句再恰当不过的话，他说：

“等你进新款靴子了，我会再来的。再见！”

说完我们就回到车上离开了，店主自己站在挂满靴子的门口中间还朝我们嚷嚷着。我听不见他说的什么，但过路人看上去好像挺感兴趣。

乔治想再去一家鞋店重新一试，他说正好也要买一双卧室拖鞋，但我们都劝他等到了另一个城市再买，那里的零售商肯定更习惯于这样的说话方式，或是更友善、随和一些。但是，说到买帽子，乔治坚持说不戴帽子，他就不能去旅行，于是，我们只好在黑修道士路上的一家小店门口停下来。

这家店主是个喜气开朗、目光炯炯的小个子，他服务热情周到，而不是拒人千里之外。

---

① 德语原文为 Behalten Sie Ihr Haar auf，其对应的英语习语是 Keep your hair on。

当乔治照着书上写的问他，“你这有帽子么？”他没有生气，只是停下来挠着下巴，稍作思考。

“帽子，”他说，“让我想想。有的，”——此刻，他慈祥的脸上露出愉快的微笑——“没错，我想起来了，我是有顶帽子。但是请告诉我，您为何问我这个？”

乔治解释说，他想买旅游帽，关键要“质量好”。

店主的脸拉了下来。

“哦，”他说，“您这下难住我了。您要是想买劣品帽子，实际不值那个标价，也不能戴，只能拿来擦擦窗户的话，我倒能给您找一顶。可您要质优的——没货，我们没有库存。但是，等下，”乔治脸上流露出失望的表情，他接着说，“别急，我这儿有一顶帽子，”他走过去拉开一个抽屉，“不算太好，但比我卖的大多数帽子要好些。”

他拿上前来，平摆在手掌上。

“您觉得怎样？”他问道，“您能接受吗？”

乔治戴上帽子，走到镜前照了照，然后从书里又选了一句评论的话说：

“我戴着大小正好，但是，请告诉我，我适合戴吗？”

店主后退几步，从远处打量了一番。

“坦白地说，”他回答说，“我觉得不适合。”

他转身对着我和哈里斯说：

“其实，你们的这位朋友相貌英俊，但不显山露水。这会儿戴上帽子，我觉得更是真人不露相了。”

这时候，乔治已感到足够开心了，不想继续跟这位店主玩儿了。他说：

“好吧 。我们还要赶火车，多少钱?”

店主答道：“四镑六，先生，我觉得，其实也就值这个价钱的一半。您是想用牛皮纸还是白纸包起来呢，先生?”

乔治说不用包了，然后付了四镑六银币就走了，我和哈里斯也跟了出去。

在芬乔奇街，我们和车夫讲到了五先令的车费，并付给了他。他再次礼貌地鞠了一躬，请我们代他向奥地利国王问好。

在火车上我们分析总结，二比一得出本次试验以失败告终。乔治垂头丧气，把书扔出了车窗。

我们看到行李和自行车已装上了船，十二点顺着潮水扬帆启程了。

第五章

必要的离题——从一个哲理故事说起——本书的魅力之一——算不上成功的报纸——宗旨："寓教于乐"——问题：何为教，何为乐——最受欢迎的游戏——英国法之行家见解——本书的又一魅力——广为流传的歌曲——本书的魅力之三——少女深居的森林——对黑森林的描述。

故事讲的是一个苏格兰人爱上了一个姑娘，渴望娶她为妻，但他同本民族的人一样谨慎有加。他发现周围许多被看好的联姻却最终逃不出分手的结局，只因新娘或新郎误把对方想象得太完美，这不禁令人失望和沮丧。他决定自己决不让此理想破灭的事重演，所以就采取了以下求婚方式：

"珍妮，我只是个穷小子，既没钱给你，也没地。"

"哦，但你还有你自己啊，戴维！"

"我倒希望能有点别的什么，姑娘。我是个无能之辈，珍妮。"

"不，不，有很多人长相比你差得多，戴维。"

"我没见过，姑娘，我觉得我也不该在乎这个的。"

"平凡一点更靠谱，戴维，这样你在外面就不会拈花惹草，在家里也不会指手画脚。"

“珍妮，你可别信那个，菜园里最活蹦乱跳的雄火鸡并不是最漂亮的。大家都知道，我是一个追着女生跑的人，我怕你会对我生厌的。”

“哦，但你有一颗善良的心，戴维，而且你很爱我，我知道的。”

“我真的很喜欢你，珍妮，可我不能保证这种感情能维持多久。我有自己的做事方式，不受任何事情左右。我妈妈会告诉你，我的脾气很坏，像我那穷鬼老爸，我想，随着年龄的增长，脾气也不会改的。”

“是你对自己太苛刻了，戴维，你是个诚实的人，我比你自己更了解你，我相信你会让我幸福的。”

“可能吧，珍妮，但我依旧担心，若好男人嗜酒成性，那对妻儿来说，也不是一件幸事。每当威士忌的香味扑鼻而来，我就变成了泰河湾的鲑鱼，肆意豪饮，怎么喝也喝不够。”

“即使这样，你在清醒的时候，就是个好人，戴维。”

“没喝醉的话，珍妮，也许我是的。”

“戴维，那你会和我永不分离，为我工作赚钱吗？”

“我没有理由不娶你，珍妮，但先别跟我谈工作的事，我实在承受不了。”

“不管怎样，你会尽心尽责，对吧，戴维？就像牧师说的，没人能比你做得更好。”

“珍妮，那只是我最好的一面，而且我不能保证都能做到。咱们都是普通人，你很难再找到比我更渺小的凡人了。”

“好，好，你说的都是实在话，戴维。很多小伙儿喜欢用甜言蜜语对姑娘许下爱的誓言，却不信守承诺，伤了姑娘的心。你说的都在理，戴维，我要跟你在一起，看看到底会怎样。”

至于结局如何，故事没有交代，但感觉这位姑娘无论如何都不能抱怨自己争取来的成果。不管她是否抱怨过——因为女人说话总是没有逻辑，男人在那种事上也好不了多少——想到自己不该受任何责备时，戴维定会心满意足。

我希望对本书的读者同样是坦诚相待，在此，我真诚地公开本书的缺点，以免误导读者。

本书信息纯属无用。

如果有人想以本书为指南游历德国和黑森林，他可能尚未到达诺尔[①]就会迷路。但不管怎样，对他来说，这已是再好不过的。离家越远，他碰到的困难只会越大。

我不擅长提供实用信息。这一认识并不是与生俱来，而是有深刻的经验之谈。

早期我从事新闻业，就职于一家报社，是当今许多通俗期刊的先驱。我们提出寓教于乐，至于何为教、何为乐，由读者自行判断。我们向婚期即至的新人读者们提供详尽的忠言，若得以采纳，他们将会在幸福天堂里羡煞旁人。我们还以实例和数据向订阅者们提供养兔致富之秘笈。令其惊讶的是，我们在坚守新闻工作的同时也养起了兔子。我经常引用官方来源，明

① 泰晤士河流经伦敦，在此注入北海。

确地证实养兔赚钱之道：具备一点判断力，精选十二只兔子，饲养三年则可年赚两千英镑，且收入持续猛增，不想赚钱都难。也许他并不缺这钱，也许他不知该如何用这笔钱，但他确实已盆满钵盈。尽管我知道很多人已行动起来，却尚未遇见一年身价值两千镑的人，一定是哪里出了问题，大概是持续走俏的养兔风潮削弱了人们的判断力吧。

我们告诉读者冰岛有多少人秃顶，而且据悉，数据一定确切；需要多少条红鲱鱼首尾相接从伦敦一字排到罗马，这对那些打算一试的读者来说一定有用，可帮助他们一开始能订购准确的数量；还有女人平均一天说多少话。我们为读者提供诸如此类的精准信息，使他们变得较其他报刊的读者更明智和博学。

我们告诉读者如何治愈猫的痉挛病，其实我个人对此不以为然，我不相信其治疗效果。如果我养的猫得了痉挛，我会打个广告把它卖了，或是送人。但我们报刊的宗旨是有问必答。有傻瓜写信求方子，我只好浪费一个清新美妙的早上查找资料，最后终于在一本旧烹饪书的结尾处找到了答案。我始终纳闷为何会在这里，这和本书的主题没有丝毫关系。即使你治好了猫的痉挛，书中并未提及可用猫做一盘美味菜肴。女作者在书里加了这一段纯属慷慨。我倒是希望她没写该多好。她可知为此我们收到了大量愤怒的来信，还失去了至少四位订阅者。有位读者说，因为听信了我们，导致他厨房里价值两英镑的盘碟遭受损坏，更不用说一扇窗户的破碎和他本人疑似血液中毒。雪上加霜的是，他家猫的痉挛反倒更重了。然而，这是一个非常简单的处方：用两腿夹住猫，轻柔点，不要弄伤它，然后用剪刀在它尾巴上利索地切开一道整齐的口子，不要剪断尾巴，千万小心不要剪断，只是一个切口。

我们向此人解释说，他本该在花园或者煤窖里进行手术的，傻瓜才会选择在厨房里做，而且没有帮手。

此外，我们还介绍一些礼仪技巧，教读者如何称呼同辈人和主教、怎样喝汤；教腼腆的小青年如何在客厅里展现从容优雅的姿态；借助图示教男士和女士跳舞；为读者解答宗教方面的疑惑、给出道德准则、提升教会的声誉。

报纸因前卫了点儿而销量不好，以至于我们员工人数不多。我记得自己负责的部分包括“给妈妈的建议”——我是在房东太太的帮助下写完的。她离过一次婚，失去了四个孩子，我认为她在家庭生活方面具有权威性；还有“初学者文学辅导”专栏的“家具与装修设计指南”——真心希望我写的东西对读者具有指导性意义，尽管我自己用不上；以“亨利大叔”署名的每周一文，“给年轻人的忠告”，也是我负责的。“亨利大叔”是一位和蔼可亲的老伙计，他阅历丰富，理解和包容年轻的一代。他自己年轻时经历过艰难困苦的磨炼，几乎成了万事通。时至今日，我重读“亨利大叔”的忠告，仍感到获益匪浅，虽然这么说不合适。我常想，假如我严格地遵从“亨利大叔”的忠告，就不会是现在这个样，我会更加明智，少犯错误，也更有成就感。

一位寡言少语、面露疲倦的小妇人，住在托特纳姆法院路①一间卧室兼起居室的屋子里，丈夫进了精神病院。她负责我们的“烹饪专栏”、“教育指南”——我们是指南大全——和“流行风尚”几个部分。那一页半篇幅的“流行风尚”，其高慢、个性的语言风格，据我所知，如今依旧可见：“我必须得跟你说一说，上周我在古德伍德赛马会②上穿的那件绝世礼服。C亲王——算了，我真不能再重复那个傻帽说的话，他实在是太蠢了——还有那位高贵的伯爵夫人，我猜，都要羡慕忌妒恨了”——等等。

可怜的小妇人！我见她穿着破旧的灰色羊驼毛衣，上面沾有墨迹。也许去“光辉的古德伍德赛马会”，或任何空气新鲜的室外待上一天，能让她看上去气色好一点。

我们的老板——是我见过的一个最厚颜无耻，愚昧无知的人——记得他曾一本正经地告诉一个通讯记者说，本·琼森③写《拉伯雷》④是为支付母亲的葬礼费用。你当面给他指出错误时，他也就一笑置之——他仅凭一本廉价的百科全书，就为“通用信息”栏目写了数页内容，总体上倒也写的不错。而我

---

① 伦敦市中心的一条主路。

② 英国夏季著名的赛马大会，在位于英国西萨塞克斯郡的古德伍德举行，是为期5天的赛马嘉年华。像其他的英国赛马会一样，出席赛马会的观众们要按照着装礼仪精心打扮。

③ 本·琼森（Ben Jonson，约1572—1637），英格兰文艺复兴剧作家、诗人和演员，其作品以讽刺剧见长，代表作有《福尔蓬奈》(*Volpone*）和《炼金士》(*The Alchemist*)，抒情诗也很出名。

④ 弗朗索瓦·拉伯雷（François Rabelais，约1495—1553），文艺复兴时期法国最杰出的人文主义作家之一，通晓医学、天文、地理、数学、哲学、神学、音乐、植物、建筑、法律、教育等多种学科和希腊文、拉丁文、希伯来文等多种文字，堪称“人文主义巨匠”，主要著作是长篇小说《巨人传》。

们办公室的勤杂员，仅靠一把好剪刀，负责编写着“机智与幽默”这个版块。

工作累，薪水低，唯一支撑我们的只有一个信念：我们为指导自己的同胞们开阔眼界、提升素质而努力。世界上所有的游戏中，自古以来普遍最受欢迎的当属上学了。你叫来六个孩子，让他们在门阶上排排坐，而你手拿课本和教鞭走来走去。这个游戏我们尚在襁褓时就开始玩，姑娘小伙儿都在玩，我们成熟以后继续玩，直玩到我们拖着瘦削的肢体，蹒跚着走向坟墓为止，从不厌倦。唯有一点不足：六个孩子都吵着嚷着要和你争拿课本和教鞭。我确信，尽管新闻业存在许多弊端，但依旧是极受欢迎的职业，其原因在于：每一个记者都认为自己是那个手持权杖走来走去的男孩儿，政府，阶层，群众，社会，艺术和文学则均是其余坐在门阶上的孩子。是记者在指导他们的言行，提升他们的思想。

喔，我离题了，说这些是想为我一直不情愿提供实用信息开脱。下面，我们言归正传。

有个署名“气球驾驶员”的人来信咨询制造氢气的事儿。在大英博物馆研读了相关资料后，发现这事儿轻而易举——起码是这样，但我还是提醒这位“气球驾驶员”，不知何许人也，要做足安全措施，以防万一。这还不够吗？十天后，一位面色红润的女士来到办公室，手里牵着说是她十二岁的儿子。孩子貌不出众，妈妈把他推上前来，摘下帽子，这时我才明白他为何戴帽子。他没有眉毛，头上除了零散的小短毛，一点头发也不剩，这让他的头看上去像个煮老的鸡蛋，剥皮后，撒上些黑胡椒粉。

“上周的这个时候，他还是个头发自来卷的帅小伙。”这位女士说。她提高了嗓门，感觉要跟我们理论这事儿。

“他怎么了？”我们的主编问。

“这就是答案。”女士气冲冲地说。她从暖手筒里掏出一份我们上周的那期，一把甩到主编面前。上面有我写的关于制造氢气的内容，被用铅笔划了出来。主编拿起来，看了一遍。

“他就是那个‘气球驾驶员’？”主编问道。

“是他，”女士承认说，“可怜无辜的孩子，看他现在成了什么样子！”

“有可能再长出来的。”主编说。

“有可能再长，”她提高音调反驳说，“也有可能不长。我要问问你们打算怎么解决。”

主编建议给他洗个头。我还以为她会一腔怒火向他扑去，但那一刻她只动口，没动手。看来她并不想要洗头，她要赔偿。她还对我们报纸的总体特点、实用性、公众支持度以及编者们的理性和智慧，评论了一番。

“我确实认为我们没错，”主编劝说道——他是个性格温和的人。“他来咨询信息，而且得到了解答。”“你不会在逗我玩吧？”女士说（我确定主编并无说笑之意，他一向庄重）。“那你们会遭报应的。哎呀，我恨不得——”她说着，爆发的火气让我俩像受惊的小鸡仓皇地往各自的椅子背后躲去，“把你们的头也整成这副模样！”我明白她是指那个男孩的头，她还极其粗俗地对主编的相貌说三道四。总之，这女人绝对不是善者。

我在想，当时她要是真那么做了，她不会有任何凭据。但是我们的主编有过跟法律打交道的经历，他始终坚持远离官司。我听他说过：

“要是有人在大街上拦住我，要我的手表，我坚决不给。要是他威胁硬抢，即使我不擅长打架，也会拼力保住的。可是，他若为达目的，决定要闹上法庭的话，我会毫不犹豫地从口袋里拿出表来递给他，庆幸自己捡了便宜。”

最后主编给了这位女士一张五英镑的纸钞算是摆平了，这可是我们一个月的利润。等她带着毁了容的儿子离开后，主编和蔼地对我说：

“我绝对没有责怪你的意思，这不是你的错，是命。你还是继续写道德方面的建议和评论吧——在这方面你是佼佼者，但千万不要再去碰什么‘实用信息’了。我说过，不是你的错，你提供的信息没有问题——这一点不容质疑，只是你与此无缘。”

我真该早听他的建议就好了，我和同事们则能省去很多麻烦。我不知为何会是这样，但事实就是如此。如果我向一个人推荐从伦敦到罗马的最佳路线，他会在瑞士丢失行李，或刚离开多佛港就差点翻船。如果买相机的人听了我的建议，他会因为拍摄军事要塞而被德国警察拘留。我曾经费了很大一番工夫，告诉一个鳏夫如何娶到他在斯德哥尔摩的小姨子，我帮他查好了船离开赫尔的时间和最好的旅店。我所提供的信息从头至尾没有任何差错，全程安排得天衣无缝，可是至今他一直不理我。

所以，我开始抑制自己为他人提供信息的热情了。如果做到的话，在那些纸页里将不再看到任何实用信息。

不会有城镇的描述、历史回忆录，也不会有建筑艺术、道德训诫了。

我曾经问过一位外国智者对伦敦的评价。

他说："城市很大。"

我问："您印象最深的是什么？"

他回答："人。"

我问："与巴黎、罗马、柏林等其他城市相比，您觉得伦敦怎样？"

他耸了耸肩，"就是大一点吧，"他说，"还有什么可说的？"

蚁冢看上去相差无几，众多宽窄不一、四通八达的通道上，蚂蚁们蜂拥一团，有些身兼要职的在奔波忙碌，有些停脚打趣，有些背负重担，有些却在沐浴阳光的温暖。堆积如山的谷仓里贮满了粮食，不计其数的房间里，蚂蚁们梦游仙境、美酒佳肴、谈情说爱。角落里堆着它们同胞的白色尸骨。蚁穴有的大一点，有的小一点；有的筑在沙地上，有的建在石头下；有的昨日刚完工，有的很久前就已建成，有人说甚至早于燕子到来之前，有谁知道呢？

此外，也再读不到民间传说和故事了。

每个有村庄的山谷都有自己的歌。我来给你讲民俗故事，你以此作诗，配出自己的乐曲。

曾经住着一位姑娘，又来了一个小伙儿，他们彼此相爱，双双骑车远走高飞。

这首歌词曲单调，用多种语言写成，因为这个小伙儿似乎曾是一个强悍的流浪者。多愁善感的德国人对他记忆犹新，同样，蓝色阿尔萨斯山①的居民们也记得他这位来客。如果我没记错的话，他还去过艾伦湖畔②。他不愧是一个永世流浪的犹太人。据说，那些痴情的姑娘至今仍在聆听他那渐行渐远的脚步声。

这片废墟遍布的土地，很久以前曾是充满欢声笑语的家园，流下了许多传说。这里，我再次提供菜谱给你，你来为自己做一道美味菜肴。取精选人心一或两颗，外加激情一束——数量本不多，顶多有半打，再佐以善恶，用死亡酱汁调味，好了，你随时随地可以上菜了。“圣徒牢笼”、“要塞幽灵”、“地狱墓穴”、“情人跳跃”——菜名任你起，反正味道都一样。

最后，书里再也没有山水名胜介绍了。不是我犯懒，而是要克己。风景介绍是最好写的，但却是最难读懂、最无用的。

---

① 位于法国东北部，隔着莱茵河与德国相望。
② 位于爱尔兰。

在吉本[1]不得不相信旅行者对达达尼尔海峡[2]的描述，以及英国学生主要通过阅读《恺撒纪事》[3]了解莱茵河的年代，每一位环球旅行者，不论行至何方，都有义务竭尽全力将其所见所闻记录清楚。只熟悉佛利特街景的约翰逊博士，能津津有味地品读约克郡荒野之美；只知道萨里郡[4]的猪背山[5]最高的伦敦市井，读到斯诺登山[6]的描写时，定会欣喜若狂。然而我们，更确切地说是蒸汽机和相机，改变了这一切。如今每年都在马特洪峰[7]脚下打网球、在瑞吉雪山[8]顶打台球的人，不会因你凝聚心血地详尽描绘格兰扁山脉的魅力而感动。对一般人而言，欣赏了十几幅油画、上百张摄影作品、上千张画报里的图片，以及两三张尼亚加拉的全景图之后，作家笔下的瀑布令他兴味索然。

我的一个美国朋友，是位有文化修养的绅士，热爱诗歌，他说一本仅 18 便士的湖区[9]摄影作品集，要比柯勒律治[10]，骚

---

① 爱德华·吉本（Edward Gibbon，1737—1794），近代英国杰出的历史学家，18 世纪欧洲启蒙时代史学的卓越代表，著有史学名著《罗马帝国衰亡史》。

② 连接马尔马拉海与爱琴海的海峡，属土耳其内海，也是亚洲和欧洲的分界线之一。

③ 恺撒大帝所著，包括高卢之战和罗马内战两本。

④ 英格兰东南部行政郡和历史郡，位于伦敦西南。萨里大学位于该郡。

⑤ 一种发育在褶曲一翼单向倾斜岩层上的地貌，其特征是岩层倾角较陡，山两侧的坡度较陡，形如猪背，故名。

⑥ 英国威尔士北部的一座山，是英格兰和威尔士的最高点。

⑦ 阿尔卑斯山脉中最美丽的山峰，位于瑞士和意大利间的边境，海拔 4478 米。

⑧ 阿尔卑斯山的最前沿，享有“山峦皇后”的美誉，是瑞士中部最有名的瞭望台，晴天时可以欣赏到阿尔卑斯山脉的全景和延伸到德国的黑森林和法国的平原。

⑨ 英格兰西北部坎布里亚郡的一片乡村地区，深受欢迎的度假胜地，以湖泊与群山，并因 19 世纪初诗人华兹华斯的作品以及湖畔诗人而著称。

⑩ 塞缪尔·泰勒·柯勒律治（Samuel Taylor Coleridge，1772—1834），英国浪漫主义诗人、文艺批评家，湖畔派代表，与华兹华斯联合出版《抒情歌谣集》，开英国浪漫主义文学之先河。集中收有《古舟子吟》等当时最美的诗歌，还有《忽必烈》（1797）及哲学、文艺批评的论著《文学传记》（1817）等。

塞①，华兹华斯②湖畔派三诗人③的所有作品更能体现湖区风光的特点和风景的内涵，效果更加逼真。我依然记得他谈到文学作品中的景色描写时说，作者若能把刚享用的正餐生动地描写一番，他将为之感动。但这又涉及到另一论题，即每种艺术形式均有其适合诠释的领域。我的朋友坚持认为，正如讲故事不用画布和颜色一样，用文字展现风景，即使写得再精彩，也实为下策，视觉效果还是要用眼睛去感受更震撼。

有关此问题，让我想起了上学时一个炎热的下午。我们上的是英国文学课，老教授是一位满头白发、和蔼亲切的绅士。我们先读了一首冗长又婉转的诗歌，很惭愧，我已把作者和诗歌的名字忘得一干二净。读完后，我们合上书，教授让我们用自己的语言复述刚读过的内容。

“告诉我，”教授用鼓励的语气说道，“这首诗都写了些什么。”

“老师，”第一个男生答道——他低着头，显然是不情愿，仿佛这个主题是强加给他的任务，否则他自己是永远不会去做的——“是描写一位少女的。”

“对了，”教授赞同地说，“但我要求你用自己的语言讲述，

---

① 罗伯特·骚塞（Robert Southey，1774—1843），英国桂冠诗人，湖畔派诗人之一。他尝试使用无韵的不规则诗句，是 19 世纪和 20 世纪自由诗体运动的先行者。

② 威廉·华兹华斯（William Wordsworth，1770—1850），英国文学史上最重要的诗人之一，也是英国浪漫主义运动中最伟大和最有影响的诗人，“湖畔派”三诗人中成就最高者，是 20 世纪欧美新诗理论的先驱，开启 20 世纪现代诗风的先河，被称为“第一位现代诗人”。

③ 英国文学中最早出现的浪漫主义作家华兹华斯、柯勒律治、骚塞，他们远离城市隐居湖区，喜欢歌颂大自然，描写宗法制农村生活，以此抵制资本主义城市文明和冷酷的金钱关系，由此得名“湖畔派”。

我们不说少女，是吧？我们说姑娘。是的，是讲的一个姑娘。你接着说。”

“一个姑娘，”那男生重复道，这个称呼的改变明显让他很是尴尬，“住在一片森林里。”

“什么样的森林？”教授问。

男生盯着他的墨水瓶仔细地看着，又抬眼去看天花板。

“快说，”教授催促道，有点儿不耐烦了，“你刚才看了十分钟森林的描写，肯定能说出点什么吧。”

“长瘤子的树，缠绕的树枝。”——男生重新开始说。

“不对，不对，”教授打断他，“我不是让你重复原文，我是让你用自己的话描述一下姑娘住的森林是什么样的。”

教授不耐烦地用脚点着地，那男生急得脱口而出：

“老师，就是那种一般的森林。”

“告诉他，什么样的森林。”教授指着第二个男生说道。

男生回答说是一片“绿色的森林”，这个答案令教授更恼火了。他说这男生是木头脑瓜，我至今也没弄明白怎么回事。接着轮到第三个男生回答了，显然，他在前一刻如坐针毡，右胳膊上下挥动，像是错乱的旗语信号。其实不管教授问不问他，接下来都该他发言了。他脸涨得通红，憋得有话说不出。

“是一片漆黑阴郁的森林。”他喊道，紧张的情绪一下释放了许多。

“一片漆黑阴郁的森林，”教授重复道，面露满意之情，“那为什么是漆黑阴郁呢？”

这个男生依然从容应答。

“因为太阳照不进来。”

教授觉得他发现了班里的诗人。

“因为太阳照不进来，或者这样说更好，因为阳光无法穿透。那为什么阳光不能穿透森林呢？”

“老师，是因为树叶太茂密了。”

“非常好，”教授说，“姑娘住在一片漆黑阴郁的森林里，枝叶繁茂的天篷遮挡着阳光，无法穿透进来。森林里都生长着什么呢？”他指向第四个男生。

“老师，长着树。”

“还有呢？”

“毒蕈，老师。”他顿了一下说。

教授不太确定是不是毒蕈，他看了一眼课本，发现是对的，诗中确实提到了毒蕈。

“非常正确，”教授承认说，“是长着毒蕈，还有呢？树底下还有什么？”

“老师，有土。”

“不对，不对，树旁边还长了什么？”

“噢，老师，是灌木。”

“灌木，很好。咱们继续。森林里有树和灌木，还有呢？”

教授点到最后的一个小个子男生，他本以为还早着呢，轮不到他回答森林的问题，正自娱自乐地玩着画圈打叉游戏。听到叫他，一时发懵，答不上来，但感觉应该说个与森林相关的，就答出黑莓，碰碰运气。结果答错了，诗人没有提到黑莓。

“克洛布斯托克当然常想到吃的东西。”教授评论说，这男生正为自己的机智应答得意时，教授的话引得大家一阵哄笑，教授自己也很开心。

“你说，”教授指着中间的一个男生继续提问，“除了树和灌木外，森林里还有什么？”

“老师，还有急流。”

“非常好，急流怎么样呢？”

“老师，潺潺流淌。”

“不对，不对，小溪水潺潺，急流应是——？”

“咆哮，老师。”

“对，咆哮。为何会咆哮？”

这问题费脑筋了。一个男生——我认为他在班里不算高智商的——回答说是因为那个姑娘。为启发我们，教授换了种方式问道：

“它何时会咆哮？”

那第三个男生，再次替我们解了围，他解释说急流直泻，跌下岩石时，会奔腾怒吼。我猜想肯定有些同学模糊地感到，这急流一定是个胆小鬼，碰到这么点小事就发出那么大响声，我们觉得勇敢一些的急流会越挫越勇，一路向前，不辞劳怨。若是每次冲下岩石都要发出怒吼，我们视其为缺乏斗志。但教授似乎对他的回答相当满意。

“那么，还有什么和姑娘一起住在这森林里呢?”教授接着问。

“老师，还有鸟。”

“没错，鸟在森林栖息。还有呢?”

除了想到鸟，我们算是黔驴技穷了。

“想一想，”教授说，“什么动物长着尾巴，还会爬树?”

我们想了一会儿，然后有个学生猜是猫。

答错了，诗人根本没提猫。教授想听到的答案是松鼠。

我想不起更多关于森林的细节了，只记得还提到了天空。抬头从繁茂树木的缝隙间仰望到天空，时常飘着云朵，如果我没记错的话，姑娘偶尔会被雨淋湿。

我细述这件事，是因为我联想到了文学作品中的风景描写。当时我不明白，现在还是不懂，为何第一个男生的总结不够充分。即使怀着对这位诗人的崇高敬意，不管他为何方圣人，谁都不可否认诗里所描写的森林就是“那种一般的森林”，不可能是其他什么。

我可以给你洋洋洒洒地描写黑森林，我可以给你翻译那位写黑森林的诗人黑贝尔的作品，我可以用数页的篇幅来描写奇峰异石的峡湾、载欢载笑的山谷、松林密布的山坡、壁立千仞的巅峰、浪花翻滚的小溪（这里，爱整洁的德国人任由溪水四处流淌，无需规矩地流入木水槽或排水管），还有美丽的白色山村和孤寂辽阔的田野。

但我怀疑，你们阅读时会跳过这些描述性文字。倘若你勤勉认真——或因脑筋迟钝——逐字阅读，我笔下描绘的景色，依旧比那语言简洁、朴实无华的旅游指南所展示的效果要逊色很多。

“一片风景如画的山区，南部和西部是莱茵河平原，周边山峦陡峻。其地质构造主要是杂色砂岩和花岗岩，海拔低处由广阔的松林所覆盖。水流众多，水量丰富，人口聚居的溪谷土壤肥沃，农业发达。有质优、舒适的旅店，但品尝当地葡萄酒时要谨慎，不可恋酒贪杯。”

第六章

我们缘何去汉诺威——国外的先进做法——英语学校教授外语礼貌会话的方法——首次透露的一段真实历史——让英国学生开心的法语笑话——哈里斯的父性本能——道路洒水工的技艺——乔治的爱国心——哈里斯一着不慎——他的所作所为——我们救了哈里斯一命——不眠之城——御马评论家。

周五，我们平安顺利抵达汉堡，之后，经由汉诺威[①]前往柏林。这样走有点绕路，只因一个黑人同伴儿要去向汉诺威地方法官说明他为何会出现在迪肯家禽饲养场的事。

“是吗？”

“是的，长官，巡警说的一点不假，长官，我确实在那儿，长官。”

“哦，你承认了？那你说，半夜十二点，你背着包去迪肯·亚伯拉罕家禽饲养场干什么？”

“请您听我解释，长官。是的，长官，我背了一袋甜瓜去马萨·乔丹家。没错，长官，马萨·乔丹他人很好，他叫我去的。”

“真的，长官。马萨·乔丹很随和。我们一直坐在那儿聊

① 德国下萨克森州的州府，德国汽车、机械、电子等产业中心，公认的绿色大都市。

着——”

“有可能。但我们问的是你在迪肯家禽饲养场干什么了?”

“好的，长官。我正要说呢，我在马萨·乔丹家待到很晚了，我对自己说，我说，尤利塞斯，你和老婆生了气，现在好不容易刚躲出来。她是个话篓子，长官，太——”

“好吧，别管她了。这城里和你老婆一样爱唠叨的可多了去了。从乔丹家回你自己家的路和你去迪肯·亚伯拉罕家不是顺路，离了半英里远，你是怎么去的?”

“我正要给您解释呢，长官。”

“好的。你打算怎么解释?”

“哎呀，我想，长官，我一定是走岔了。”

我想我们也有点离题了。

一开始，由于种种原因，汉诺威给你的印象是一座单调、乏味的城市，但你会渐渐喜欢上它的。其实它由两个截然不同的城市组成：一个是现代新城，道路宽阔，景观漂亮，花园幽雅，而相邻的却是一个十六世纪老城。古老的木房悬立于狭窄蜿蜒的小巷两侧，从低矮的拱门，可以瞥见带回廊的庭院。无疑，这里曾经马队川流不息，或被笨重的六马大车堵塞拥挤，它们在等候其富商巨贾的老爷和娴静丰满的夫人，而如今，小孩与小鸡四处乱跑，雕刻的阳台护栏上晾挂着破旧的衣裳。

汉诺威充满着浓厚的英伦气息，尤其在周日，门窗紧闭的店铺和当当响的钟声都让人觉得仿佛置身于阳光明媚的伦敦。不仅我自己明显感觉到这种英式周日的氛围，乔治也感觉到了，不然我会以为是幻觉。午饭后，哈里斯和我叼着雪茄在附近散步回来时，发现乔治在吸烟室的安乐椅上睡得正香。

“毕竟，”哈里斯说，“只有纯正血统的英国人才能感知英式周日的内涵。看到我们的传统竟被彻底摒弃，我深感遗憾。看下一代人将如何继承和发扬。”

于是，我们分坐在椅子两头，陪着乔治。

人们说，要想学标准德语，就要去汉诺威，可问题是，出了汉诺威这个小地方，没人能听懂这标准德语。所以你要想清楚，是留在汉诺威讲标准德语呢，还是操着蹩脚德语游历四方。千百年来，德国境内诸侯割据，导致德语方言种类繁多。波森①的德国人要想与符腾堡②人交谈，往往得借助法语或英语；在威斯特伐利亚③，受过贵族教育的小姐会因听不懂梅克伦堡④方言而令其父母感到惊讶和失望。确实，非英语母语者在约克郡荒原或白教堂区⑤周边讲英语时，同样会感到不知所措，但这与德国的情况不同。在德国，不仅是乡下或没文化的人说方言，实际上，每个地区都有自己的语言，人们以此为自豪并一直沿用。受过教育的巴伐利亚⑥人承认，从学术上讲，北部德语更标准，

---

① 在1846—1918年是普鲁士王国的一个省，首府是波森。德国一战战败后，新政府被迫接受《凡尔赛条约》，将此割让予波兰，成为其波兹南省。

② 巴登-符腾堡州，简称巴符州，是德国西南部的一个联邦州，州府位于斯图加特，官方语言和常用语言是德语，当地的方言属于法兰克方言等。

③ 德意志西北部的历史地区，相当于现在的德意志联邦共和国北莱茵-威斯特伐利亚州全部及下萨克森与黑森两州部分地区。

④ 该地区所使用的德语属于东低地德语。

⑤ 伦敦东区的一个区域。该区人口种族复杂，目前孟加拉移民占总人口的多半数。

⑥ 德国东南部的一个联邦州，州府位于慕尼黑。

但他会一直坚持说南部德语，还要教会孩子们说好。

我认为，本世纪德国将会用英语来解决自己的语言难题。除农民阶级外，所有的孩子都会说英语。相对于其他语言，倘若英语发音再随意一点，用不了几年，它无疑将成为世界通用语言。所有外国人一致认为，就语法而言，英语是最简单易学的。德国人在比较了英德两种语言后，会对你说英语没有语法可言，因为德语的每个句子中的每个单词都受到至少四条不同且不关联的语法规则的制约。很多英国人似乎也得此结论，但他们错了。事实上，英语也有语法，不久的将来，我们的学校会认识到这一点，从而使英语语法走进课堂，甚至还将渗透到文学和新闻领域。但眼下，我们先保留外国人无视英语语法的观点。语音是我们学习英语的绊脚石，拼写的设计似乎主要是为掩盖读音规则。这一招挺妙，借以考查英语学习者的推断力，否则，他一年内就能把英语学到手。

这是因为德国的语言教学法有别于我们。在德国，当十五岁的学生走出文理中学①或高中校门时，他就能用所学语言进行交流。而在英国，我们的方法堪称举世无双，投入了大量的时间和金钱，却效果甚微。一个毕业于不错的英格兰中等学校的英国男生，不能流利地和法国人谈论有关女园丁和阿姨的话题，或许因男生对此不熟悉，因而，对话显得乏味。当然，也有例外，聪明的学生兴许能谈谈时间，或聊几句天气，他一定

---

① 德国的一种中学类型，为九年制。

熟记了大量的不规则动词。其实，外国人在听英国人讲话时，几乎不去关注不规则动词的使用。同样，他可能还选择性地记了一些并不常用的法语习语，就连当今法国人也从未听过，或者根本听不懂。

究其原因，十有八九，他是跟《阿恩第一课》这本教材学的法语。这部名作历史非凡，且颇具教育意义。起初是一位在英国居住多年的风趣的法国人当笑话写的，意在讽刺英国社会的会话风格。从这点来看，此书超凡脱俗。之后，他把书交给了一家伦敦的出版公司，精明的经理读完后，即刻找来了作者。

"你这本书，"他对作者说，"写得妙极了。我笑得眼泪都流出来了。"

"多谢夸奖，"法国作者高兴地答道。"我在求真的同时，尽量避免过分辛辣的文字。"

"很逗，"经理赞同说，"但若不够一针见血，我感到不会畅销的。"

作者的脸沉了下来。

"你的幽默，"经理继续说，"一定会有人指责是咄咄逼人、夸夸其谈，也会在有思想和学识的人士中产生共鸣。但从商业角度，那小部分读者不在考虑之中。我有个想法，"经理环顾四周，确定房内无他人后，身子前倾，压低声音，悄悄地继续说，"我想把它以课本形式出版，让学校做教材用！"

作者目瞪口呆，无言以对。

“我了解那英国老师，”经理说，“这本书他定会感兴趣的，正符合他的方式方法。他永远也看不到其实自己是最愚笨、最无用的，他还会给书一个响吻，就像小狗舔鞋油一样。”

这个为贪婪而牺牲艺术的作者同意了。他们换了个题目，加了一个词汇表，其余的原封不动。

所有的学生都用过这本教材，“阿恩”因此成了英国语文学教育的守护神。有朝一日这本书过气了，一定是因为又编造出了更加荒唐的课本。

不管怎样，为避免学生即使是出于喜欢“阿恩”而只学到点皮毛，法语课请来了“一位母语是法语的绅士”为学生授课——教学大纲里是这样写的，然而，英国这一教育方法更加严重地阻碍了学生的提高。顺便提一下，这位母语者一般是比利时人。他不失为一位俊杰，的确能用母语交流，其流利程度还算过得去。但他在此遭遇了滑铁卢，不管是教任何学生还是任何内容，他分明不能胜任教学工作。事实上，他似乎更适合哄学生们玩耍，总是扮演一个喜剧角色。任何一个相貌高贵的法国人都不会下嫁到英国学校去教书。如果他天性和善，喜欢带给人欢乐，定会受到上司们的器重，班上的学生也自然把他当成活宝。每周会有固定的两至四个小时白白浪费在这老掉牙的闹剧上，而厌倦了学习的孩子们却每每期盼这开心一刻。然后，自豪的父母带着作为继承人的儿子来到迪耶普①，结果发现

① 法国北部城市，处于英吉利海峡最窄处，是重要的旅游港口、渔港和商港。1942 年 8 月，发生了著名的迪耶普战役，伤亡损失惨重。

这孩子连叫辆出租车的法语都不会。这时，他们不是去责怪教育体制，而是该体制的受害者——孩子。

我只谈法语教学，因为法语是我们希望孩子们学好的唯一一门外语，会说德语则被认为是不爱国而受到轻视。我们为何要浪费大量时间，用这种我从未搞懂的方法来教法语呢？不懂语言也没什么不体面的。暂且不说娱乐记者和女性小说家，因法语是他们的工作所需，芸芸众生均以会说点法语为荣，实在是荒谬可笑。

在德国的学校，教学方法有所不同，学生每天上一小时的外语课。该理念是为了让学生循序渐进地学习，而不是在下一次上课前早已把上次课内学的知识忘得一干二净。课堂上没有滑稽的外国人带给学生们消遣娱乐，所授外语课程均由已熟练掌握该门语言的德国老师承担，其语言水平不亚于母语。也许，该方法不利于学生掌握像遍及各地的英国游客那么纯正的发音，但其优势在于：学生们不会给老师起绰号"青蛙"或"香肠"，也不必为在法语或英语课上展示才智而精心准备。他只需坐在那里，为自己的前程努力学好这门外语，尽量不给周围的人添麻烦。毕业后，他能用外语交流，不仅涉及折叠小刀、女园丁、阿姨等话题，还能随着话题的转换，自如地谈论欧洲政治、历史、莎士比亚，或音乐杯。

从盎格鲁—撒克逊人[①]的视角来看德国人，我可能会在书

---

① 人类学上指不列颠祖先的分类：盎格鲁-撒克逊族，盎格鲁（Angles）和撒克逊（Saxons）两个民族结合的民族，大部分英国人是盎格鲁-撒克逊人的后裔。

中找出把柄来批判他们，但换一个角度，我们却能从中受益匪浅。就普通教育而言，他们几乎处处优越于我们，我们完全不是对手。

充满魅力的艾伦里德城市森林[①]位于汉诺威的南部和西部地区，在这里上演了一场悲剧，哈里斯担任主角。

周一下午，我们和众多自行车骑手们一同穿越这片森林，这里是汉诺威人在风和日丽的下午休闲放松、亲近自然的圣地。林荫路上，到处是兴高采烈、无忧无虑的人们，其中，一个年轻漂亮的女孩，骑了一辆崭新的自行车，一看便知她是个初学者，不禁让人本能地感觉到她也许会需要帮助。一贯侠义豪情的哈里斯，建议我们离她近点。哈里斯自己有女儿，确切地说，有一个女儿，他有时跟乔治和我说，随着年龄增长，他女儿将不会再在前花园里放轮转烟火了，定会出落得像天仙一样，亭亭玉立、楚楚动人。为此，哈里斯自然很关注所有三十五岁上下的漂亮姑娘。用他的话说，她们让他想起了家人。

我们骑了大约两英里，猛然发现前面不远处是一个五岔路口，有个人正手拿软管往路上洒水。水管的每个接口处都连接着一对小轮子，随着洒水工身体的移动，管子在他身后像一条巨大的蠕虫蜿蜒蠕动。洒水工双手紧握水管，一会儿对着这边，一会儿对着那边，一会儿举高，一会儿压低，那蠕虫好

---

① 原始天然的城市森林，是纽约中央公园的两倍，被称为汉诺威的“绿肺”。

似张开了大嘴，以每秒大约一加仑[①]的速度喷射出一股粗壮的水柱。

“这办法可比咱国内的巧多了。”哈里斯饶有兴致地看着。他现在总是对所有英国的惯例做法进行苛责。“多简单、高效、经济呀！你们看，一个人五分钟就能搞定，要是在国内，用咱的老牛破车，这段路能在半小时内干完就不错了。”

和我骑一辆双人车，在后座的乔治说：“是啊，这办法还有个好处，那洒水工稍不小心，就能在顷刻间浇湿一大片人，躲都躲不及。”

乔治持截然相反的观点，他是地道的英国人。我记得，曾因哈里斯建议英国该引进断头台一事，乔治满怀爱国热忱地和他动起了怒气。

“这样多干脆利落。”哈里斯说。

“我无所谓。”乔治说，“我是英国人，对我来说，有绞刑就足矣。”

“尽管咱们的洒水车有弊病，”乔治继续说道，“但只是你的腿会有不适，而且是可以避免的。更何况咱们的水车还能拐弯和上楼呢。”

“看得让我震撼，”哈里斯说，“实在是高明。我曾看见一个人站在斯特拉斯堡人头攒动的广场一角，就把整个广场都洒上水了，还不会淋到人们身上。他们精确地把握距离，真是太

---

① 1 加仑＝ 4.546 升。

神奇了。他们能把水先洒到你脚尖，再让水越过你头顶，又刚好落到你脚跟。他们能——”

“停一下。”乔治说。我问：“为什么？”

他说：“我要下车，到树后去看完这场表演。也许真如哈里斯所说，这一行里不乏能手。但我觉得这个艺术家好像缺点什么。他刚刚淋湿了一只狗，这会儿又忙着给一个标识牌浇水。我要等着看他干完。”

“废话，”哈里斯说，“他不会淋湿你的。”

“这正是我想确认的。”乔治一边说着，一边跳下车来，走到一棵参天大榆树后面站着，掏出烟斗，开始往里面塞烟叶。

我不想自己骑着双人车，只好也停下靠在一棵树上，走到乔治身边。哈里斯喊了句什么，大概是我们给生养我们的祖国丢脸之类的，就骑车走了。

紧接着，我听见一个女人痛苦的叫声。环视树的四周，我感觉哀声来自于先前提到的那位年轻优雅的女士。刚才只顾说洒水的事，都把她给忘了。这时，她正骑车经过，被那软管喷出的倾盆大雨淋个正着。她仿佛被惊呆了，既不知下车，也不知转向。她身上越来越湿，彻底成了落汤鸡，而那洒水工，不知是醉了还是瞎了，一直不停、无所顾忌地继续往她身上喷水。旁边十多个人朝他喊着骂着，他全当耳旁风。

此时此境，哈里斯父爱大发。他及时出手，干了一件漂亮的事。倘若那一刻他能表现得理智和冷静些，就会成为此次事件中的救美英雄，而不是像接下来发生的这样，在一片辱骂与威胁声中仓皇离开。他毫不犹豫地向那人冲过去，把他撞翻在地，又一把夺过管子，抓住喷嘴，试图拧向一边。

在把水管夺到手的刹那间，他本该做的，或任何尚有理智的人该做的，是关上开关。然后，他可以尽情地和洒水工一起踢足球、打羽毛球①，那些当场冲上前去想帮忙的二三十人，会为他鼓掌喝彩。哈里斯后来向我们解释说，当时他只想着夺过水管，向那白痴浇去，以其人之道还治其人之身。那洒水工好像不谋而合，只想守住水管，当作武器，把哈里斯浇个透。结果自然就成了两人协作把方圆五十码以内所有活的和死的东西统统给泡汤了，他们自己却安然无恙。一个男士全身被淋透了，他愤怒地不管三七二十一，也冲上前去加入决斗。于是，这三个人就拿着水管转着圈地喷水。他们向空中喷射，如同春分雨露水洒人间；他们朝地面喷扫，急流河水冲得人们抬脚跳跃，有时水柱冲向人们的腰线，凉得他们弯下了腰。

谁也不愿松手撤退，谁都没想着关闭龙头。你也许认为，他们是在与大自然的某种太古之力作生死搏斗。乔治计了时间说，不出四十五秒，竞技场就被他们清空了，有生者无一幸免，唯有一只毛还在滴水的狗。这个水神在水的冲击力下，来回翻滚，一时滚到这边，一时滚向那边，但仍然顽强地一次次挣扎着站立起来，冲着被它视为失禁的地狱之力，发出抗议的吼声。

---

① 原文是 battledore and shuttlecock，类似当今的羽毛球。

不管男人还是女人，都抛戈弃甲，扔下自行车，纷纷逃进树林里，躲在树后探出湿漉漉的脑袋，怒目而视。

最终，一个明白人来到现场。他不畏骤雨急流，勇敢地向消火栓[①]爬去，看到铁钥匙还插在上面，迅速将其拧紧。随后，那些几乎成了落汤鸡的人也开始从四十棵树后一一走了出来，嘴里都嘟囔着什么。

起初我在想，把哈里斯丢下的衣物运回旅馆，是用衣架还是衣篮子更适合。我认为是乔治的机敏救了哈里斯一命。因为没被淋湿，乔治跑得很快，冲在了人群前面。哈里斯本想对众人做个解释，被乔治打断了。

"你快上车。"乔治把哈里斯的车子推过来给他，并催促道，"快走，他们不知道咱们是一起的。你可以绝对相信，我们不会泄密的。我们在后面磨蹭着，挡住他们的道。你要走之字形，以防他们向你射击。"

我希望本书能真实地记录事实，没有夸张，所以，我把写好的对此事件的描述拿给哈里斯看，生怕万一夹杂了虚构内容。哈里斯坚持认为有些夸张，但承认可能有一两个人被水"溅"湿了。我提出在街上随便用个洒水管试试，在离他约二十五码的距离对着他，让他说到底"淋"湿算不算夸张，他拒绝了。他还执意说当时介入的人顶多不超过六个，我说的四十人简直是荒谬不实。我提出陪他重返汉诺威，去当地认真

① 此处作者运用了暗喻的修辞手段，生动形象地描写这个强大的喷水管。

调查一下，他同样也拒绝了。既然这样，我坚持己见，我对那个事件的叙述是真实、保守的，那是一些汉诺威人至今想起都心惊的痛苦回忆。

我们当晚就离开了汉诺威，赶到柏林吃的晚饭，饭后还散了会儿步。柏林这个城市有些令人失望，市中心人们摩肩接踵，市郊一片死气沉沉。那条著名的菩提树大街[①]像是牛津街[②]与香榭丽舍大街[③]的拼接，一点也不庄严，且相对于其长度，街道过宽。剧院高雅迷人，那里更看重演技，而不是场景和服装。虽不知道是否长期上演，经典剧目会重复但不连续上演，所以，一周内你去同一家剧院，每晚都能欣赏到新剧。歌剧院虚有其表，两个音乐厅俗气平庸不说，设计很糟糕，且结构过于空旷，缺乏舒适感。柏林的咖啡馆或餐馆的营业高峰时段是午夜至凌晨三点，但那里的大多数常客早上七点又得起床去上班。柏林人或是解决了现代生活的无眠节奏这一大问题，或是与卡莱尔[④]一同在追求永恒。

除了圣彼得堡，我不知道还有哪个城市流行柏林这样的夜

① 菩提树大街位于柏林，是欧洲著名的林阴大道，大街人行道两旁和中央的安全岛上，排排栗树和四季常绿的菩提树婆娑成行，微风吹来，婀娜多姿，一派浪漫风情，整条大街如诗如画，菩提树大街也因此而名。

② 牛津街是到英国伦敦首选的购物街道，专业的购物天堂。在不到两公里的街道上，云集了超过三百家的大型商场。

③ 香榭丽舍大街是巴黎一条著名的大街。根据法国一个常用的说法，她被看作是巴黎最美丽的街道，街名取自希腊神话“神话中的仙景”之意。

④ 托马斯·卡莱尔（Thomas Carlyle，1795—1881），苏格兰评论家、讽刺作家和历史学家，其作品在维多利亚甚具影响力。他的人生态度是：我们没有能力去阻止已经发生的事情，但我们却有能力去改变已经发生的事情对我们现在生活的影响。他的经典语录包括：雄辩是银，沉默是金；生命不止，奋斗不息。

生活，但圣彼得堡人不用早起，那里当下流行走出歌剧院再进音乐厅——雪车过去快的话也要半个小时——音乐厅午夜十二点才开始营业。若想凌晨四点过到涅瓦河对岸，你只有摸黑辛苦自己的双腿了，因游客们喜欢坐的火车，五点才开始发车。这些火车省去了俄国人早起的痛苦，晚饭后他向朋友道声“再见”，即可自在地驾车前往车站，不会给朋友家里造成任何不便。

波茨坦，堪称柏林的凡尔赛，是一座森林和湖泊环抱、如田园诗般美丽的小城。走在无忧宫[①]宽广而幽静的园内林荫道上，不难想象清瘦、傲慢的腓特烈大帝[②]与尖刻讽刺的伏尔泰[③]一起闲庭信步的情景。

在我的建议下，乔治和哈里斯同意柏林不宜久留，我们继续前往德累斯顿。多数在柏林能见到的，在别处也有，甚至更好。于是，我们决定坐车穿行市区饱览柏林风光。旅馆的门房把我们推荐给一位出租马车夫，并向我们保证说，车夫会带着我们在最短的时间里，把所有值得看的一览而尽。车夫早上九点来接我们。他看上去很是令人满意，开朗、机灵、见识多。

---

① 18世纪德意志王宫和园林，位于德国波茨坦市北郊，为普鲁士国王腓特烈二世模仿法国凡尔赛宫所建，宫名取自法文的“无忧”或“莫愁”。1990年联合国教科文组织将无忧宫宫殿建筑与其宽广的公园列为世界文化遗产。

② 腓特烈大帝（Frederick the Great，1712—1786），也称腓特烈二世，普鲁士国王（1740年5月31日—1786年8月17日在位），欧洲历史上最伟大的名将之一，也是欧洲“开明专制”君主的代表人物，并且为启蒙运动时期的文化名人，在政治、经济、哲学、法律、甚至音乐诸多方面都颇有建树，为启蒙运动一大重要人物。

③ 本名弗朗索瓦-马利·阿鲁埃（François-Marie Arouet，1694—1778），伏尔泰（Voltaire）是他的笔名。法国启蒙思想家、文学家、哲学家、史学家，18世纪法国资产阶级启蒙运动的旗手，被誉为“法兰西思想之王”、“法兰西最优秀的诗人”、“欧洲的良心”。主张开明的君主政治，强调自由和平等。1750年，应普鲁士国王腓特烈大帝邀请到柏林，得到宫廷文学侍从的职位待遇。

他说的德语简单易懂，还会讲点英语，偶尔能对德语做个补充。我们对车夫本人无可挑剔，但他的马却是我坐过的马车中最不通人情的畜生。

它对我们一见生厌。我第一个从旅馆里出来，它转过头，上下打量着我，目光冰冷、呆滞。然后，它转向面朝它站立的另一匹马看过去，那是它的朋友。我知道它说了些什么。它直言不讳，且脸部的表情丰富。

它说："炎热的夏季竟然还有人到这儿来，真可笑，不是吗？"

紧接着，乔治跟了出来，站在我身后。这马同样又转过头看着乔治。我还从没见过马的身子扭得像它这样，倒是见过长颈鹿用脖子耍把戏的，很是博人眼球，但这家伙更像是在结束了阿斯科特赛马会[①]上尘土飞扬的一天，又和六个老伙计一同美餐了一顿后最享受的样子。如果我刚才看到它从两条后腿之间看着我的话，我怀疑自己是否会惊讶。它似乎更偏爱乔治。然后它又转向它的朋友。

"太奇怪了，不是吗？"它评论道，"不知他们从何方来"，说着，它开始用舌头把左前腿上的苍蝇舔走。我不禁好奇它是否在幼年丧母，是猫给养大的。

乔治和我坐上马车，等着哈里斯。他很快就来了。我心

① 每年六月在英国伯克郡阿斯科特镇举行，为期一周。这是夏季里最盛大的社交节日，是全球最具声望、最高贵优雅的融合运动、传统与表演的赛事之一，由安妮女王于1711年设立，一直保有"全世界最豪华、最奢侈赛事"的盛名。人们更习惯将这天称为"女士日"，因为在这一天，众多王公贵族、名媛淑女盛装出席，名媛佳人们戴着造型各异、争奇斗艳的帽子，而男子们也必须穿正式西装套装。

想，他看着还挺利落的，穿了一件白色法兰绒灯笼款套装，这是他专门为在热天骑行而做的，他的帽子看着有点怪，但遮阳效果好。

那匹马瞧了他一眼，叹了声“老天爷”，就迈着轻快的步子走上腓特烈大街，留下哈里斯和车夫在人行道上傻站着。主人喊它停下，但它置之不理。他们急忙追赶我们，终于在多萝西娅街拐角处追上了。我没听清车夫对马说了什么，他语速挺快，有些激动，我只听到些只言片语：

“我得要谋生，不是吗？谁让你自作主张的？是啊，你倒是一人吃饱了全家不愁。”

马打断主人的话，独自走上多萝西娅街。我猜它说的是：

“赶紧的吧，别啰唆那么多了。咱们把这活干完，看看可能的话，再去背街多转转。”

在勃兰登堡门①对面，车夫勒住缰绳，手拿马鞭跳下马，走过来为我们讲解。他指向蒂尔加藤公园②，滔滔不绝地给我们讲起国会大厦③。他俨然像个专业导游，告诉我们国会大厦精确的长、宽、高。之后，他介绍了勃兰登堡门，他说这门是由砂

---

① 位于德国首都柏林市中心，被称为柏林的城市标志。最初是柏林城墙的一道城门，因通往勃兰登堡而得名。现在保存的勃兰登堡门是一座新古典主义风格的建筑，由普鲁士国王腓特烈·威廉二世下令于1788年至1791年间建造，以纪念普鲁士在七年战争取得的胜利。被称为柏林的城市标志。

② 欧洲最大的都市公园。最初是普鲁士统治者的猎场，茂密的森林、整洁的小径非常适合慢跑、野炊和闲游。

③ 德国国会大厦，官方名称为“帝国国会大厦大会场”，简称国会大厦，位于德国首都柏林中心区蒂尔加藤区的一座建筑，体现了古典式、哥特式、文艺复兴式和巴罗克式的多种建筑风格，是德国统一的象征。

岩建成，以雅典卫城的“前门”作为蓝本。

这时，一直闲来无事舔自己腿玩儿的马扭过头来，什么也没说，只是看着。车夫又紧张起来，这次说成了是以雅典卫城的“山门”为蓝本。

马径直走上菩提树大街，九头牛也拉不回来。主人去劝阻它，但它马不停蹄地一路疾奔。从它跑起来时抬前腿的姿势，我感觉它在说：

“他们看过那个门了，不是吗？这就够了。至于剩下的，你都不知道自己在说些什么，即使你清楚，他们也听不懂，你说的是德语。”

穿过菩提树大街时，一路上都是这样。马同意停下来，给我们足够的时间好好看看每处景点，了解下景点的名称，但一听到介绍和描述，它就会打断，直接往前走去。

“这些人就是想，”它仿佛自言自语道，“回家后告诉人们，他们到此游过。我要是对他们不公，要是他们不这么傻帽，他们会得到更有用的信息，而我这傻主人讲的都是背的旅游指南里面的，谁还会关心塔有多高？即便告诉你，五分钟后你也就忘了，若能记住，那是因为你脑袋里一无所有。主人的讲解真让我烦。他为何不快一点，好让我们都能回家吃午饭？”

回头想想，我怀疑这个斜视的老畜生可能有感知。不管怎样，确实有过几次，我很希望它来打断导游的讲解。

但正如苏格兰人所说，人们总是爱“以怨报德”。有时，我们非但不感谢那匹马，反倒咒骂它。

第七章

乔治纳闷——德国人酷爱秩序——黑森林的黑鸟乐队[①]七点演出——瓷狗它优于同类——德国人与太阳系——整洁的乡村——山谷改造——德式瀑布——德累斯顿丑闻——哈里斯的滑稽表演——表演未受赏识——乔治和他的姑妈——乔治、靠垫、三少女。

在柏林到德累斯顿大约剩最后一刻钟的路上，乔治一直注视着窗外，他说：

“德国人为何把报箱装在树上？为何不像我们那样装在前门上呢？我可不喜欢为取封信还得爬树，而且，这对邮递员也不公平，先不说累人，要是碰上大块头的邮递员，在风高的夜晚送信，那绝对是高危工作。即便是安在树上，为什么都安在树梢上，而不放得低一点呢？不过，也可能是我理解有误。”他突发奇想地接着说道，“德国在许多方面都比我们先进，说不定他们改用飞鸽传书了。就算是这样，我还是不明白，他们在训练鸽子时，为什么不聪明一点儿，让鸽子把信直接送到地面来。即使对一般中年人来说，爬树取信也不是轻而易举的。”

---

① 20世纪60年代德国的一个摇滚乐队。文中用拟人的修辞手法，生动地将小鸟的鸣唱比作乐队表演。

我顺着他的目光向窗外看去，我说：

“那不是报箱，是鸟巢。你一定了解这个民族，德国人爱鸟，但只爱干净整洁的鸟。没人管的话，鸟会任性地随处筑巢，按照德国人的审美标准，这样不美观。所以在德国，你根本看不到任何的街头涂鸦和四处竖立的石膏像，甚至连一面旗子也看不到。虽然筑起了鸟巢，鸟儿仍住在巢外。它们往草地上乱扔东西，诸如小树枝、吃剩的虫子之类，什么都有；它们行为不雅，会当众谈情说爱、和妻子吵架、给孩子喂食，这一切令房主感到震惊。他对小鸟说：

“‘你什么都好，我喜欢看着你，听你唱歌，但就是不喜欢你的做事方式。你住进这小盒子里去吧，把垃圾都放在里面，不要让我看见。你想唱歌了，就出来唱，但你的内务不能暴露在外，宅在盒子里，不要弄脏花园。’”

在德国，人们把秩序当作空气一样热爱，连婴儿都会随着摇铃打起拍子，鸟儿也渐渐喜欢住进盒子里，并且鄙视个别仍在树上和篱笆里筑巢的鸟儿，视其为野蛮流浪汉。慢慢地，每只鸟都自信地在合唱队中获得一席之地，它们感觉到那不合拍、不着调的鸣叫定会让严谨的德国人恼火，根本行不通。热爱音乐的德国人善于管理，他们训练强健且鸣肌发达的鸟引领大家，在统一的时间，随着钢琴的伴奏声，在露天啤酒店里引吭高歌，而不是清晨四点在树林里浪费才华。事情一直这样顺利进展着。

德国人热爱大自然，视其为优美的威尔士竖琴[①]。他对花园情有独钟，在自家花园的南北两面各种七棵玫瑰，若这些花长得高度和形状不同，他会夜不成寐。他给每朵花都绑个小木棍，虽有碍观瞻，却为花儿能在静静地绽放风采而感到心满意足。湖边的锌板排成行，他每周将其搬回厨房冲洗一次。在几何形状草坪的中心，有的仅如一块桌布大小，通常用栏杆围着，他在里面放一只小瓷狗。德国人都十分宠爱狗，但一般更爱瓷狗，因为这种狗从不在草坪里挖坑埋骨头，也不会用后腿在花坛里扬土。这是德国人眼中理想的狗，你把它放在哪里，它就待在那里不动；你不让去的地方，它从不会去。你还可以根据养犬俱乐部的最新标准，全方位打造一只完美犬，或根据自己的喜好，打造一只个性犬。与其他犬不同，它的品种不受限制。你可用瓷料打造一只漂亮的蓝色犬或粉色犬，再夸张一点，你甚至可以拥有一只双头犬。

在秋季的某个固定日子，德国人会把花和灌木种在地里，用中国席子盖上；到春天的某个固定日子，再把席子掀开，让花和灌木往高长。若偶遇异常的暖秋或倒春寒，这些不幸的植物就遭殃了。当自己的计划被不按规矩出牌的太阳系打乱时，没有一个真正的德国人能够应对。既然不能操控天气，他索性就不理睬了。

白杨是德国人最钟爱的树。那些无视秩序的国家可能会推

---

① 竖琴与威尔士一直息息相关，其中有一种三排弦竖琴更是威尔士独有的乐器。威尔士人有着独特的竖琴弹奏习惯，他们把竖琴靠在左肩上，右手弹低音弦，左手弹高音弦。

崇瘦骨嶙峋的橡树、枝繁叶茂的栗树，或飘扬舞动的榆树，然而，德国人对所有这些都看不上眼，认为这些树恣意生长、杂乱无章。唯有白杨树，种在哪就长在哪，怎么种就怎么长；它不会恣意妄为，也不会随风飘舞；它不枝不蔓，挺拔伫立，符合德国树的标准。渐渐地，德国人拔除了所有其他树种，用白杨树取而代之。

德国人醉心的乡村，如同淑女想象中所喜欢的那种高贵的野蛮人——需要美饰。他喜欢林中步行——去餐馆，但林间小路不能太陡，路的一边须有砖砌的排水沟，此外，路上每隔约二十码要安装凳椅，供人们歇脚、擦汗，因为德国人不愿坐在草地上，就像英国主教不会梦想着从独树山①滚下去一样。他喜欢在山顶看风景，喜欢看看那里石碑上的景点介绍，喜欢坐在小桌前分享一路经心带上来的价廉的啤酒和“三明治”。若还能见到树上张贴的警示公告，明令禁止一些行为，则更会给他一种舒适与安全感。

德国人不拒野外风景，除非太过荒凉。倘若真认为是太荒野，他会着手去改造。我记得在德累斯顿附近发现一条风景如画的狭窄山谷，通向易北河②。山涧溪水伴着蜿蜒的小路湍流而下，奔腾飞泻一英里，跌跌撞撞涤岩荡石，掀浪卷沫；两岸树木丛生、枝叶浓密。我着魔了似地沿小路一直走，直到转弯，

① 位于新西兰奥克兰市北的肯威尔公园，伊甸山东南方，是一个死火山公园，因山顶只有一棵松树而闻名。

② 发源于捷克和波兰交接的苏台德山脉，向南进入捷克，再流成一个弧形转向西北流入德国，经汉堡流入北海，是中欧地区的主要航运河道。从河源到德国的德累斯顿为易北河上游。

忽见近百个工人正忙着治理山谷，让小溪更具魅力。他们小心地搬起并运走所有阻碍溪流的石块，用砖和水泥加固两岸，把悬垂的树枝和灌木、交错缠绕的藤蔓和爬山虎连根拔起，或修剪整齐。再往前走一点，我看到了他们的劳动成果——德国人心目中的山谷。溪流已变宽阔、平缓，在碎石子铺成的平坦河床上潺潺流过，两岸挡墙上建有石檐，向下每隔一百码，搭有一个浅木平台，共有三个，以减缓坡度。岸上地面已清理干净，并按一定间隔，种上了小白杨树苗。棵棵树苗被藤条编织带围绕，外加铁棒支撑。当地政府希望在两三年内“完成”对整个山谷的改造，使其符合爱整洁讲秩序的德国人本性，便于他们行走游览。到那时，每隔五十码有凳椅，每隔一百码有警示标语，每隔半英里有餐馆。

从梅梅尔到莱茵河，都在重复着相同的做法，整治乡村，改造环境。我清楚地记得韦尔山谷，这里曾经是黑森林中最浪漫的山谷。最近一次我走入时，看到数百名意大利工人在那里安营扎寨，辛苦劳作，强迫天然的韦尔小河按照人的意志改道而行。他们在这里用砖砌河岸，在那里炸开岩石，又修建水泥台阶，让河水安静平缓地顺流而下。

因为在德国，听不到人们说任其自然，大自然必须得依规矩行事，要为孩子们树立好榜样。当一位德国诗人注意到，在罗多雷，飞泻而下的瀑布与骚塞诗中所写有所不同时，他惊讶地无法止步提笔作头韵诗，抒发激情，而是匆匆离去，向警察报告。接下来，那浪花飞溅和奔腾咆哮之美景即将成为往事。

"喂，喂，怎么搞的？"负责人会严厉地质问瀑布，"我们不允许这种事情发生，你是知道的。你悄悄地流下来，行不？你以为这是在哪儿？"

于是，地方市政给水流配上锌管、木槽和旋梯，教其以德式风范理智地缓缓流淌。

德国就是这样一个严谨、整洁的国家。

周三傍晚，我们抵达德累斯顿，在那里度过了周日。

综合各方因素，德累斯顿应该是德国最具吸引力的城市，但需要你去细细品味而不是走马观花。在那里待上一个冬天，她的博物馆和美术馆、宫殿和花园，以及优美的环境和浓郁的历史氛围，定会让你心旷神怡。若只停留一周，你就如同雾里看花、不知所云。不像巴黎和维也纳，灯红酒绿、醉生梦死，瞬间便如过眼烟云，德累斯顿的永恒魅力，在于她更多地折射出德国人的品性。它是音乐家的麦加圣地。在德累斯顿，你花五先令即可在歌剧院欣赏一场演出，同时，也遗憾地收获一种从未有过的强烈的厌烦感，你不愿再费尽周折去英国、法国或美国的任何一家歌剧院看整场演出了。

德累斯顿最大的丑闻仍然是关于奥古斯特二世①，他一直被卡莱尔称作"罪恶之人"，以拥有一千多子女使欧洲蒙受灾难

① 奥古斯特二世（August the Strong，1670—1733），神圣罗马帝国的萨克森选帝侯（称腓特烈·奥古斯特一世）及波兰国王。因其身形魁梧、力大无穷而绰号"强力王"、"铁腕"，据说可徒手折断马蹄铁、单手破墙。他长期居住在萨克森的首都德累斯顿。因为对母国的热爱，他在德累斯顿进行大规模建设，将其打造为璀璨的文化之都。今天德累斯顿凭借其杰出的建筑和艺术成就享有"易北河上的佛罗伦萨"的雅号，要归功于奥古斯特二世。

而臭名昭著。据说，因坚持要求个好名分而被他抛弃的情妇，被他囚禁在城堡里长达四十年之久，可怜的女人！那几间曾令她伤心欲绝、郁郁而死的狭窄房间至今对外开放，一座座因其可耻行径而甚感羞辱的城堡，如同是散落在战场的累累白骨，分布在德累斯顿附近。导游讲的这些故事大多都是“少儿”不易。他的等身画像悬挂在华丽的茨温格宫[①]，这座宫殿最初是为他而建的斗兽场，当时人们已厌倦了市场上的斗兽表演。他眉毛浓密，彪悍狂野，其修养与品位常常流露出动物的兽性痕迹。毫无疑问，今天的德累斯顿主要归功于奥古斯特二世。

然而，最令外地人震撼的当属有轨电车。这些大型车辆模仿爱尔兰司机的驾驶风格，以每小时十到二十英里的速度在街道上穿梭，闪过一个个弯道和拐角。除身穿制服的警官不准许外，人人乘坐电车出行，身穿晚礼服去舞会或歌剧院的女士，和携带篮子的搬运工人并排而坐。它们是大街上的老大，任何人与物都必须为其让路。你若是挡了路，被救起时还能侥幸活下来的话，那么，等你痊愈后，还得因妨碍交通去交罚单。血的教训告诉你，不要冒犯有轨电车。

一天下午，哈里斯一个人出去“闲逛”。晚上，我们在望景楼[②]听乐队演奏时，哈里斯随意说了句，“这些德国人没有一点幽默感。”

---

① 位于德国古城德累斯顿，是德国的主要地标之一，是举世闻名的巴洛克式建筑艺术作品，建成于 1709 年，“强者”奥古斯特时代。

② 位于德累斯顿内城区绰号“欧洲的阳台”的布吕尔平台上的一处建筑，现已不存在。

"此话怎讲?"我问他。

"唉,今天下午,"他说,"我上了一辆有轨电车,想欣赏一下市容,所以就站在外面那个小平台上——你管它叫什么?"

"站位[①]。"我猜想。

"就是它,"哈里斯说,"唉,你知道这种车有多晃?你知道在拐弯和刹车、起步时如何站稳吗?"

我点点头。

"我们差不多有六个人站在那儿,"他接着说,"当然,我是第一次,没经验。电车猛然起步,我向后闪了一下,正好摔倒在身后一位胖先生身上。他自己也没站稳,又倒在一个拿着装小号的绿呢布箱的小男孩身上,他俩谁都不笑一下,只是站在那儿绷着脸。我刚要道歉,还没等我说出口呢,不知何故,车又来个急刹车,自然,把我又向前甩去,我一头撞上了一位白发老人,看着像一位教授。唉,他也是冰块脸,没有一丝的表情。"

"兴许,他正在思考什么事。"我说。

"不可能三个人都在想事情吧,"哈里斯回道,"一路上,我和他们每个人都撞了至少三次。你看,"哈里斯继续解释说,"他们很清楚何时拐弯,知道如何去平衡自己。而我,一个生人,什么也不知道。我在那个平台上闪来闪去、东倒西歪的,一会儿胡乱抓住这个人,一会儿是那个人,一定看上去很搞

① 指戏院、公车车辆满座时的站位。

笑。我没说这是高级幽默，但本该把多数人都逗乐的，可那些德国人好像并没觉得有什么滑稽好笑的——只是显得有点担心而已。有个人，个子不高，他背靠制动器站着，我一共五次摔倒在他身上，我数了。本以为第五次时，无论如何也该让他笑一下吧，但他愣是没笑，只是看着有点烦了。他们太无趣了。”

乔治在德累斯顿也有过一次历险。在老市场附近有一家店，橱窗里摆着几个待售的靠垫。这家店主要做玻璃和瓷器生意，靠垫好像是试卖的，都很漂亮，缎面上有精美的手工刺绣。我们多次路过这家店，每次乔治都要停下来，仔细端量这些靠垫。他觉得他姑妈一定会喜欢。

乔治一路上都在惦记着他的姑妈，每天都给她写一封长信，每到一个城市，他都会给她买礼物寄回去。依我看，他做的有点过了，我不止一次地劝过他。他姑妈会见到我们的姑妈，会跟她们说的，那样的话，事情就难办了。作为侄子，我反对乔治开这个头，让我们不好做人。但是他听不进去。

所以，在周六午饭之后，他一个人走了，说是去那家店给他姑妈买个靠垫。他说用不了多久就回来，让我们等着他。

我感觉我们等了很久。他回来时两手空空，看上去心事重重。我们问他靠垫在哪，他说没买，他改变主意了，因他觉得他姑妈不会喜欢靠垫的。显然是出了什么事。我们刨根问底，追其原因，他就是不搭理。我们问了差不多有二十遍，他才简短地应付了一下。

晚上，碰巧只有我俩在一起。这次，他自己提起了这个话茬，他说：

“这些德国人，有时候他们很奇怪。”

我问：“到底发生什么事了？”

“嗳，”他回答说，“我去买那个靠垫。”

“给你姑妈买。”我补充道。

“为何不行？”他反问。只见他瞬间恼怒起来，我还从没见过对姑妈如此敏感的人。“我怎么就不能送个靠垫给我姑妈呢？”

“你别激动，”我劝道，“我没说不能。我很敬佩你这一点。”

他消了消气儿，继续说：

“橱窗里有四个靠垫，你记得吧，都差不多一样的，每一个上面有个标签，写着二十马克①。我的德语说得不流利，但费点劲，还是能表达清楚的，而且只要他们说慢点、清楚点，我也能听个八九不离十。我进了那家店，一个年轻姑娘走上前来，一个漂亮、娴静的小女孩，简直可以用端庄来形容。并不是所有的售货员都有这种气质。我一辈子也没这么震撼过。”

“震撼什么？”我问道。

乔治总认为他告诉你故事的开头，你就能知道结尾，真让人无语。

“所发生的事啊，”乔治答道，“我这正在讲给你听的。她

---

① 德国以前的货币单位，1 马克约等于 4.5 元人民币，2002 年 7 月 1 日起停止流通。

微笑着问我想买点什么。我听清楚了，不可能有错。我在柜台上放了一枚二十马克的硬币，说：

"'我要买一个靠垫。'

"她盯着我看，好像我要买的是羽毛床垫。我想可能她没有听清，所以又大声地重复了一遍。我又没抚摸她的下巴，她却看上去那么吃惊，或者是愤怒。

"她说，她认为我一定是搞错了。

"我不想和她多啰唆，再把自己绕进去了。我说没搞错。我指着那二十马克的硬币，第三遍重复说，我要买一个靠垫，'一个二十马克的靠垫。'

"这时，另一个女孩儿走过来，她年纪稍大点。前一个女孩儿就把我说的话给她重复了一遍。她似乎很激动，不相信她说的——感觉我看起来不是那种要靠垫的人。为了证实，她自己亲口问了我一遍。

"'您说您要一个靠垫？'她问道。

"'我已经说过三遍了，'我答道，'我再说一遍——我要一个靠垫。'

"她说：'那不行。'

"这时，我发火了。我要不是成心想买，我就不会来这里。那橱窗里摆着靠垫，明明就是要卖的，我搞不懂为什么我不能买。

"我说：'我要买一个！'话很简单，我说得很坚决。

"这时，又过来了一个女孩儿。我猜想，这家店的全部店员也就她们仨了。这第三个女孩儿眼睛水汪汪的，像个顽皮的小姑娘。换在其他场合，我见到她会很高兴的，但是现在，她的出现只会让我更加恼火。我不明白，一个靠垫还要三个人来卖。

“前两个女孩儿开始给第三个女孩儿解释这件事的经过，还没说到一半，那第三个女孩儿就咯咯地笑了起来——她是那种爱傻笑的女孩儿。然后，她们仨就像雌鹪鹩[1]一样叽喳个不停，还边说边不时地向我看过来。越是看我，那第三个女孩儿就越笑得厉害。话没说完，三人都笑面瘫了，三个小傻瓜。你会以为我是个小丑，在给她们单独表演呢。

“第三个女孩儿定了下神，向我走过来，又咯咯地笑着对我说：

“‘如果你得到了，你会走吗？’

“起初我没太听懂，她又说了一遍。

“‘这个靠垫，你得到了之后，你会立刻——离——开吗？’

“我告诉她，我巴不得赶紧走呢。但是，我又说拿不到靠垫，我就不走。此时，我打定了主意要买下那个靠垫，哪怕是在店里耗上一整晚。

“她又回到那俩女孩儿旁边。我以为她们要拿给我靠垫，成交这桩生意呢。不曾想，最奇怪的事情发生了。两个女孩儿站到了第一个女孩儿身后，三个人继续咯咯地笑着。天知道是

① 一种个小、短胖、十分活跃的鸟。

怎么回事儿，她俩把第一个女孩儿向我推了过来，推到我面前，然后，我还没反应过来呢，她就双手搭着我的肩膀，踮起脚尖，吻了我。之后，她用围裙捂着脸，跑开了，第二个女孩儿也紧跟着跑走了。第三个女孩儿打开门，显然是让我离开，我稀里糊涂地就出了门，忘了拿上那二十马克。我倒不介意那个吻，虽不是特别想要，但我确实想买个靠垫。我不想再回到那家店了。我全然不懂这到底是怎么一回事儿。”

我说：“你说的要什么？”

他说：“一个靠垫啊！”

我说：“我知道，你是想要靠垫。我指的是，你用的哪个德语词。”

他答道：“kuss。”

我说：“这你就别怨人家了，不过确实有点分不清，‘kuss’听起来像是靠垫，但却不是的，那是吻的意思，‘kissen’才是靠垫。你把这两个词搞混了——以前也有人犯过这样的错误。我自己也不太清楚这种事情，但你要了一个二十马克的吻，而且，从你对那女孩儿的描述看，有人可能认为这个价码还算合理。总之，我不会告诉哈里斯的。如果我没记错的话，他也有一个姑妈。”

乔治同意了我的话，最好不要让哈里斯知道。

第八章

曼彻斯特的琼斯先生和琼斯小姐——可可的功效——给和平协会的建议——中世纪的主题：窗户——基督教徒的爱好——导游的语言——如何修复时间残迹——乔治试用一瓶——喝德国啤酒的后果——哈里斯和我决定一次善行——寻常的雕像——哈里斯和朋友们——没有胡椒的天堂——女人与城市。

我们在德累斯顿火车站的候车大厅等候检票进站，下一站要去布拉格。乔治逛了书摊回来时神情激动地说：

“我看到了。”

我问：“看到什么了？”

他激动得连话都说不清楚，他说：

“来了，正朝这边走着，他们两个。等会儿，你们就亲眼见到了。我没有说笑，这是真事儿。”

这段时间，报纸上一些还算严肃的新闻报道都在谈论海蛇的事，我以为他此时也一定在说这件事。但转念一想，在距离海岸三百英里的欧洲中部，不可能有海蛇。没等我细问，他一把抓住我的胳膊。

“你看！”他说，“我没吹牛吧？”

我扭头一看，看到了在欧洲大陆火爆的英国酷男和他女儿。恐怕，在英国国内也几乎没人有幸遇见他们。他们正活生生地向我们走来，有血有肉的大活人，这不是做梦——他们就是英国的“米勒”和“米斯”，几十年来，他们完美无瑕的形象一直出现在欧洲大陆的漫画刊物和舞台上。男士身材高挑，黄头发，大鼻子，留着长长的邓德里雷络腮胡①。他身穿黑白相间的西装，外搭一件长至脚踝的浅色外套，头戴绿色面纱装饰的白色盔帽，身边挂着望远镜，手戴淡紫色手套，还拿了一根长于他身高的登山杖。他的女儿身材纤细修长，但我不知该如何描述她的衣服：我那贫寒的祖父可能更熟悉这种穿衣风格。我只觉得过于短了些，都露出脚踝骨了——请恕我冒犯——从艺术的角度，露脚踝有失雅观。她的帽子不知为何让我想起了赫门兹夫人②，她脚上是一双侧拉链靴子——我想是“普鲁涅拉厚呢面料”的——戴着连指手套和夹鼻眼镜。她也拿了根登山杖（德累斯顿方圆百英里内并无山脉），腰系黑包。她的门牙外凸，像兔子牙，身子外形看上去像踩高跷的。

哈里斯急忙跑去拿相机，自然，他又没找到。每次他要用相机时，就找不到了。我们每次见他像只丧家犬，东一头西一头四处翻找，还大声嚷着：“我的相机呢？我到底把它搁哪儿了？你俩谁都不记得我搁哪儿了吗？”——我们就知道他是那天第一次碰到值得拍的东西了。过后，他才想起来相机在包

① 源自 1858 年英国上演的英国剧作家汤姆泰勒的作品“我们的美国表亲”，邓德里雷勋爵是剧中一个和蔼乐观的角色，其独特的形象是脸上蓄着超夸张浓密的腮胡，由此而得名。

② 赫门兹夫人（Felicia Dorothea Hemans，1793—1835），英国诗人，以写作流行诗而蜚声英国文坛。

里。每逢这种情况，相机一般都在包里。

父女俩不仅追求外表的逼真，连一招一式、举手投足都准确、到位、传神，每走一步都目瞪口呆地凝视四周。男士手拿一本翻开的旅行指南，他女儿拿了一本常用语手册。他们说着没人能听懂的法语，讲着连自己都没法翻译的德语！男士用登山杖戳戳工作人员，以引起他们的注意，他女儿见到有人喝可可的广告，说了声“粗俗”，就转身走开了。

的确，她这样做是有原因的。即使在英格兰这个礼仪之邦，按照海报宣传的，喝可可的女人似乎对人间万物别无所求，最多也就是一块三尺装饰薄纱。据说，在欧洲大陆，她可舍弃所有其他生活必需品。可可生产商说，可可是女人的饮食，也是衣装。当然，我只是顺便一说。

果不其然，他们立刻成了引人注目的中心人物。我因帮了他们点小忙，有幸跟他们聊了五分钟。他们非常友善。那男士告诉我他叫琼斯，来自曼彻斯特，但不知具体的区域，甚至不知曼彻斯特在何方。我问他要去哪里，显然他也不知道，说视情况而定。我又问他是否感到带着登山杖穿越拥挤的城市很不方便，他承认有时候确实碍事儿。我还问他是否感觉戴着面纱会干扰视线，他解释说只在苍蝇漫天乱舞时才戴上。然后，我问那女士是否觉得风很凉，她说确实感受到了阵阵凉风，尤其是在拐角处。其实，我并没有像写的这样一个接一个地问问题，我是边聊边问。而后，我们愉快地相互道别。

对于这次奇遇，我思考了很久，最终得出了一个结论性观点。后来我在法兰克福巧遇一个人，向他描述了这对父女，他说也曾在巴黎见过，是在法绍达事件①结束的三周后。我们在斯特拉斯堡遇见一位就职于英国某钢厂的游客，他也记得在柏林见过他们，当时正处于德兰士瓦②问题引起的骚动期。我由此推断，他二人是失业演员，受雇来为世界和平做公益。法国外交部为平息巴黎暴民叫嚷要与英国开战的怒火，找来了这两位人气演员，到各个城市去巡演。人们一般不会对其陶醉的事要置于死地。当法国公民们看到这对英国公民——不是在漫画里，而是鲜活的真人——他们的暴怒即刻成了爆笑。这一策略的成功实施，促使他们后来又去为德国政府效力，其成效不言而喻。

我们的政府也可借鉴此经验，找几个矮墩墩的法国人在唐宁街③附近耸着肩膀，吃着青蛙三明治。在需要时，派他们到全国各地巡回表演，或几个懒散邋遢、留着平头的德国人，吸着长烟斗四处游逛，嘴里说着："这样吧。"民众一定觉得滑稽，会惊呼道："跟这种人打仗？太荒唐了。"若是政府不采纳这个建议，我就推荐给和平协会④。

我们不得不延长了游览布拉格的时间，因为这是欧洲最好玩的城市之一。这里的每一块石头都包含着久远的历史和传奇

---

① 也叫法绍达冲突，1898 年英、法两国为争夺非洲殖民地在苏丹发生的一场战争危机。最后双方达成妥协，以尼罗河和刚果河为界，英国占领苏丹东部和尼罗河流域，法国占领苏丹西部。

② 德兰士瓦是 1856 年至 1877 年和 1881 年至 1902 年间布尔人在现在的南非共和国北部建立的国家，经两次英布战争，1902 年沦为英国殖民地，1910 年成为南非联邦的一个省。该省现已不存在，但仍是一个著名的地理名称。

③ 位于英国首都伦敦的西敏内，最有名的宅邸便是唐宁街 10 号，英国首相的官邸。

④ 也叫国际和平协会（International Peace Society）、伦敦和平协会（London Peace Society），1816 年在伦敦成立，旨在推动永久的世界和平。1930 年后，该组织解散。

故事，郊外的每一处都曾是刀光剑影的战场。就在这里孕育了宗教改革运动[①]，揭开了三十年战争[②]的序幕。有人说，如果当时布拉格的窗户再小一点、更实用一点的话，也许就能为这个城市免去一半的灾难。第一个大灾难[③]的导火索，是活活地把七名天主教议员从市政厅的窗户扔向楼下一群手持长矛的胡斯信徒[④]抗议者。之后，又发生了把帝国议员从城堡区[⑤]旧堡的窗户扔出去——布拉格的第二次“扔出窗外事件[⑥]”，进而引爆了第二场重大灾难[⑦]。此后，人们猜想，在布拉格决定其他重大问题时，之所以未再发生暴力事件，一定都是在地窖里商讨完成的。然而，从情感上讲，布拉格之窗对于每一个土生土长的当地人来说，是一种永远无法抗拒的诱惑。

提恩教堂[⑧]至今还存放着约翰·胡斯[⑨]布道用过的讲坛，已

---

① 欧洲 16、17 世纪前后兴起的一场基督教社会改革运动，以反对教会的极端统治、宗教教义的异化和教会组织对民众的压迫而闻名，其实质是新兴资产阶级反对宗教组织对社会发展的阻碍而发动的一场大规模的社会政治文化运动，在欧洲历史上产生了重大影响。

② 由神圣罗马帝国的内战演变而成的，以德意志为主要战场，全欧洲参与的一次大规模的国际战争。1618 年发生的“布拉格扔出窗外事件”成了三十年战争的发端。

③ 即由“第一次扔出窗外事件”引发的长达 15 年的胡斯战争。

④ 捷克爱国者和宗教改革家胡斯的信徒（或拥护者），胡斯运动成员。

⑤ 是捷克首都布拉格的一个区，环绕着世界最大的布拉格城堡。

⑥ 一般“布拉格扔出窗外事件”所指的是第二次。

⑦ 1618 年波希米亚首都布拉格的新教徒发动起义，冲进布拉格城堡，以侵害宗教自救的罪名将两名帝国大臣及一位书记官共三人从窗口扔出，此即为“第二次扔出窗外事件”。1619 年新教徒成立临时政府，由 30 位成员组成，推举腓特烈五世为王，宣布波希米亚独立，引发白山之战。虽以惨败告终，但战后的严酷处置却酿成影响欧洲深远的三十年战争。

⑧ 旧城广场上最醒目、最古老的建筑，也可说是布拉格的地标。其前身建于 1135 年，现在所看到的则是建于 1365 年，以哥德式双塔建筑著称，顶端装饰着纯金圆棒，教堂的外形酷似童话中的魔鬼城堡，被人们形象地称作“魔鬼教堂”。

⑨ 约翰·胡斯（John Huss，1371—1415），捷克宗教思想家、哲学家、改革家，是当时社会大变革的先驱者，以献身教会改革和捷克民族主义的大义而殉道留名于世。1415 年他被判火刑，激起民愤，加速了“胡斯战争”的爆发。今日捷克首都布拉格的旧城广场设有胡斯雕像，其逝世的 7 月 6 日被称为胡斯日，是捷克的公共假日。

被虫蛀了。今天，人们在同一张桌前，依然能听到这位天主教[①]牧师的布道声音，而远在康斯坦茨[②]，有一块被常青藤半掩的石头告知人们，胡斯和杰尔姆在此被处以火刑。历史真是讽刺！同在提恩教堂，还安葬着天文学家第谷·布拉厄[③]，他坚守一千一百条教义和一份人性，误认为地球是宇宙的中心，却又以精确、客观地测量进行着天文观测。

失明的齐什卡和开明的瓦伦斯坦[④]一定经常火急万分地疾驰于布拉格的狭小街巷，这些脏污的街巷两旁尽是风格各异的宫殿建筑——布拉格人把瓦伦斯坦称为“英雄”，这个城市也因他这位公民而实感骄傲。在瓦尔德施泰因广场他那幽暗的宫殿里，他祷告用过的小房间被视为圣地，对外展示，人们似乎相信他的灵魂永存。布拉格城里弯曲狭小的街道上，一次次逐队成群、填街塞巷。一时来了西吉斯蒙德[⑤]的龙骑士军团，后面是凶猛追杀的塔博尔派[⑥]军队；一时来了面色苍白的新教徒，紧追其后的是喜获胜利的马克西米利安[⑦]天主教军队；一时被

① 原文为 papist，含有蔑称之意。

② 位于博登湖（也称康斯坦茨湖）西端，德国的西南角，毗邻瑞士，是一座有 2000 年历史的古城，也是一座年轻的大学城。在此举行的第十六次宗教会议（康斯坦茨宗教会议），于 1415 年 7 月 6 日将捷克神学家胡斯处以火刑。

③ 第谷·布拉厄（Tycho Brahe，1546—1601），丹麦贵族，天文学家兼占星术士和炼金术士。曾观察到一颗非常明亮的星星，现在称为第谷超新星。他最著名的助手是开普勒。

④ 瓦伦斯坦（Wallenstein，1583—1634），德国化了的捷克贵族，天主教徒，一生的活动主要集中在三十年战争中，作为神圣罗马帝国军队的总指挥，曾对战争进程发生过较大影响。因被皇室视有通敌嫌疑而被解职，后遇刺身亡。其一生曲折复杂，不仅引起史学家的兴趣，也成了文学家的题材，伟大的德国戏剧家席勒曾以他的事迹创作了不朽名剧《瓦伦斯坦》（1800）。

⑤ 西吉斯蒙德（Sigismund），卢森堡王朝的神圣罗马帝国皇帝（1433 年—1437 年在位），同时还是匈牙利和克罗地亚国王（1387 年—1437 年在位）及波希米亚国王（1420 年—1437 年在位）。1408 年，他创设龙骑士团，用以守护匈牙利王室。

⑥ 15 世纪捷克胡斯战争中的激进派，因其活动中心在捷克南方的塔博尔（Tabor），故名。

⑦ 三十年战争中风云一时的巴伐利亚的公爵。

撒克逊人、巴伐利亚和法国联军占领；一时又来了古斯塔夫斯·阿道弗斯[①]的圣徒，还有腓特烈大帝的钢铁战车，电闪雷鸣般涌进城门，展开了桥上激战。

犹太人一直是布拉格的一个突出特色，他们偶尔为基督徒所热衷的相互屠杀充当帮凶；悬挂在老新犹太会堂[②]拱顶的旗帜，证明了犹太人帮助天主教徒费迪南德抵抗瑞典新教徒的勇气。布拉格隔都[③]是欧洲最早建立的犹太区之一。矗立至今的小犹太教堂，布拉格的犹太人已在此祷告了八百年之久。在厚实的墙壁上有一些小孔，是为犹太妇女们虔诚地聆听祈祷而留下的。附近有一处名为“生命之屋”的老犹太公墓，看上去拥挤不堪。几百年来的法规要求以色列人的遗骨只能埋在唯一这块巴掌大的地方，所以，难以计数的破旧墓碑，层层叠叠、错乱挤塞着，仿佛被地下骈肩叠迹的灵魂挤推得东倒西歪。

犹太区的围墙早已被夷平，但是在布拉格生活的犹太人却仍聚居在这贫民窟里。如今，污水横流的街巷正在飞快地改造修建中，宽敞崭新的大道预示着该区终将成为布拉格最美丽的景区。

在德累斯顿时，有人建议我们不要在布拉格说德语。多少

① 古斯塔夫斯·阿道弗斯（Gustavus Adolphus），瑞典国王、统帅、军事改革家。三十年战争时期，指挥瑞典军队击败神圣罗马帝国皇帝和天主教联盟军队。时至今日，他依然被视为瑞典历史上最杰出的国王。

② 位于捷克首都布拉格的犹太区（Josefov），是欧洲仍在使用的最古老的犹太会堂，也是现存最古老的双大厅设计的中世纪犹太会堂。

③ 历史上又称为隔坨区（ghetto），是指在欧洲和中东地区市区中因社会、政治或经济等因素而被划分出来作为犹太人居住的地区。

年来，德国少数民族与占多数的捷克人之间的种族仇恨笼罩着整个波西米亚。在布拉格的某些街区，若被误认作是德国人的话，对于忍耐力随着种族而改变的人来说是件很麻烦的事儿。但我们坚持讲德语，因别无选择。据说捷克语具有古老的历史和深厚的文化底蕴。其字母表由四十二个字母组成，不禁让人联想到学中文，同样，学捷克语也不可速成。我们认定，在布拉格讲德语应该不会有什么风险。事实上，我们并未遭遇任何伤害。我唯一能想到的原因是，布拉格人极其敏锐，我们虽外表看上去和德国人没什么两样，但说出的德语无形中带有口音上的细微差别和语法小错误，他们一听就能判断出，我们并非纯正的德意志人。我不敢断言，仅是推测而已。

为安全起见，我们还是跟着导游四处游览。我接触过的导游都不完美，此人明显有两点不足。他的英语很烂，甚至不能称之为英语，我不知道该叫什么语。这不全是他的错，他是跟一位苏格兰女士学的英语。我的苏格兰语还不错——这是了解当代英国文学前沿研究所必备的，但要听懂地道的苏格兰语土腔，又夹带着斯拉夫口音，偶尔还冒出几个德语变形词，着实是挑战我的才智。与他对话的头一个小时里，我们总是感觉他快窒息了，好像随时都会死在我们手里。一个上午下来，我们才逐渐适应了，放弃了听他每次开口说话就有的冲动——把他仰卧放在地上，撕开他的衣裳，让他呼吸得更加顺畅。后来，我们能听懂几句了，由此发现他的第二个不足。

他好像最近发明了一种洗发生发剂，并说服了当地药店的药剂师参与推销。有一半的时间，他不是向我们展示布拉格城市的美丽，而是这种制剂使人类受益的潜在功效。看在他滔滔不绝地讲解景点和建筑的分上，我们一致认可了他对这个劣质生发剂所付出的令人心生怜惜的热情。

结果是现在他三句不离那发明，而对宫殿和教堂的废墟当作无聊之谈粗略草率地一带而过，引发我们对腐朽的贵族产生了成见。他认为，他的职责不是带我们去感受时间的摧残，而是引导我们关注修复创伤的方法。那些头破血流的英雄和光头圣徒跟我们有何关系呢？我们关心的当然应该是现实世界，是长发飘逸的美女，或是因为她们明智地选用了“戈比”生发剂而将拥有一头飘逸的长发，还有留着浓密胡须的年轻男士——如标签上的照片所示。

他潜意识地把世界分成了两部分，过去（“使用前”），一个病态的、不为人喜的乏味世界，和未来（“使用后”），一个富足、欢乐、上帝保佑众生的极乐世界。他的这种想法与他从事中世纪历史古迹导游的身份很不搭调。

他给了我们每人一瓶生发剂，送到旅馆，好像是我们开始和他聊天时，无意间问他要过。我个人没什么感觉，说不上好与不好。一连串的失望令我沮丧，还有一股挥之不去的石蜡味儿，虽然很淡，依然能引来他人的评论，尤其是已婚男人。我至今连样品也没试用过。

我把我的那瓶给了乔治，他要去是想送给在利兹的一个熟人。我后来得知，哈里斯也把他那瓶给了乔治，也是要送给那人的。

自从离开布拉格，乔治发现我们每餐都有洋葱，他归结为欧式烹饪中盛行放大蒜的原因。

在布拉格，我和哈里斯还为乔治做了件好事儿。我们发现，有一段时间乔治迷上了比尔森啤酒①。这种德国啤酒会让人上瘾，尤其在炎热的天气，但不能无节制地贪杯。虽不上头，可是慢慢地会伤害肾脏。一到德国，我就一直在告诫自己：

“现在开始，我不喝德国啤酒了，倒是可以喝点这里的白葡萄酒，加点苏打水，也可以偶尔来杯果珍或汽水，啤酒就算了——无论如何，永远都不要去碰它。”

这一决定有益健康，我还建议所有来德游客也下此决心，而且希望自己能坚持做到。虽也督促乔治，但他拒绝用任何严格的清规戒律约束自己。他说适量喝点有好处。

“早上一杯，”乔治说，“晚上一至两杯，是不会伤身的。”

也许，他这样说有一定道理。但在他连喝六杯后，我和哈里斯就为他担忧了。

“我们该做点什么让他戒掉，”哈里斯说，“他越喝越多。”

“他跟我说过，这是遗传，”我回答说，“好像他家人总感到口渴。”

---

① 最早于 1842 年开始生产，因生产于捷克波希米亚的比尔森啤酒厂而得名。具有色泽较浅，泡沫好，酒花香味浓馥，口味醇爽等特点。在当今世界众多的啤酒家族中，比尔森啤酒仍然以独特的原料和传统的加工工艺一枝独秀，誉满全球。

“可以喝阿波利纳里斯矿泉水①,”哈里斯说,“再往里挤点柠檬汁，肯定没坏处。我是担心他的体型，这样下去，他会失去那天生的好身材的。”

我们反复谈论着这件事，终于在上帝的启示下，确定了一个方案。为美化城市，在布拉格新建了一座雕像。我忘了是什么人物，只记得是一座普通的街边雕像，一位脖子僵直的普通绅士，骑着一匹普通的马——始终保持后腿站立，前蹄腾空扬起。但仔细看去，这座雕像与众不同。他手托自己的羽毛帽子，而不是常见的手握刀剑或指挥棒；马尾也显得有点儿细小，不是瀑布般的飘散，看上去与他桀骜不驯的举止很不协调，让人感觉，有这样尾巴的马是不会马踏飞燕的。

雕像暂时竖立在查理大桥②另一端不远的小广场上，在尚未最终确定安放地址前，市政官员们明智地决定，以现场视觉效果来选择最佳位置。为此，他们制作了三个雕像的粗仿品——只是木制的轮廓而已，不可近看，但远观效果逼真。他们把其中一个立在了弗朗茨·约瑟夫大桥的入口处，第二个放在了剧院后面的空地上，第三个放在了瓦茨拉夫广场③正中央。

① 德国产的一种带气泡的矿泉水，以意大利北部城市、古代罗马海港拉文纳第一任主教阿波利纳里斯命名。

② 横跨于布拉格市伏尔塔瓦河上，是连接布拉格老城、小城和布拉格城堡的交通要道，也是历代国王加冕游行的必经之路，以其悠久的历史和建筑艺术成为布拉格最有名的古迹之一。1357年，遵照捷克国王查理四世之命而建，因此得名。

③ 捷克共和国首都布拉格的主要广场之一，布拉格新城的商业和文化生活的中心，也被誉为布拉格的“香榭丽舍大道”，街道两旁有许多20世纪初建造的高雅古典建筑。

“要是乔治不清楚这件事的内幕，”哈里斯说——我俩在外散步一小时，他留在旅馆给他姑妈写信——“要是他没见过这些雕像，那咱就可以利用它们，让他戒酒瘦身。就在今晚行动。”

吃饭时，我们谨慎地试探了乔治，发现他对雕像之事一无所知。饭后，我们拉他出了门，穿过几条小巷，来到那座真雕像面前。乔治匆匆看了一眼，就往前走了，他对雕像一贯如此。但我们劝他停下来，认真仔细地观看。我们带他围着雕像转了四圈，尽可能把每一处看点都告诉他。我觉得，我们都快把他惹烦了，但就是为了给他留下深刻印象。我们给他讲那个马背上的人的历史，告诉他雕塑家的名字、雕像的重量和尺寸。我们把整个雕像全印在他的脑海里，这样，在我们讲完后，他唯有对雕像了解得最清楚。我们要让雕像深入他心。在他答应次日上午再同我们来一趟之后，我们才最终放过他，因为白天看得更清楚些。为此，我们看着他把雕像的确切位置记在了小本子上。

然后，我们陪他去了他最喜欢的啤酒馆，坐在他旁边，跟他讲一些趣闻轶事，比如，喝不惯德国啤酒的人，喝了太多之后疯了，变成了杀人狂；年轻人喝了一命呜呼；还有些酒仙，因酒而终身与漂亮姑娘无缘。

十点钟时，我们开始往回走。这是个暴风雨来临前的夜晚，浓重的乌云下洒落一道柔和的月光。哈里斯说：

“咱们别原路返回了，沿着河边走吧。今晚的月色好美。”

我们边走，边听哈里斯讲他的一个故人的悲惨经历，那人现住在智障康复中心。哈里斯说他之所以想起这个故事，因为也是在这样一个夜晚，他和这位可怜的朋友最后一次一起散步。他们当时正沿着泰晤士河河堤走着，他的朋友坚持说，自己看到了在威斯敏斯特大桥的拐角处有威灵顿公爵①的雕像，把哈里斯吓坏了，因为众所周知，那座雕像一直耸立在皮卡迪利大街上。

正在此刻，那三座雕像仿制品中的第一个进入了我们的视线。它在一个栏杆围起来的小广场中央，在我们对面稍高处。乔治突然止步，斜靠在码头的墙上。

“怎么了？”我问，“头晕了？”

他说：“嗯，有点，咱们在这儿休息一会儿吧。”

他站在那儿，眼睛直勾勾的盯着那座雕像，声音沙哑地说：

“说到雕像，我怎么觉得它们一个个都像极了。”

哈里斯说：“我不同意——照片倒有可能，有些照片确实很难区分。但每座雕像都有自己突出的特点。就拿咱们刚才看的那座雕像来说，”哈里斯继续说着，“就是咱们去啤酒馆之前看到的那座，一位骑马人的雕像。在布拉格，你能看到其他骑马人的雕像，但和这个完全不同。”

---

① 威灵顿公爵（Duke of Wellington，1769—1852），别名铁公爵，拿破仑战争时期的英军将领，第21位英国首相。在滑铁卢战役（1815）中，彻底击败拿破仑，最终成为了大英帝国陆军元帅，并获得法兰西王国、普鲁士王国、俄罗斯帝国、西班牙王国、葡萄牙王国和荷兰王国六国授予的元帅军衔，是世界历史上唯一获得7国元帅军衔者。

“不，它们都一样，”乔治争辩道，“全都一样。都是同一匹马，同一个人，一模一样的。白痴才会说它们不一样，简直是瞎编。”

他看上去是和哈里斯动真气了。

“你为什么会这么想呢？”我问。

“我为什么会这么想？”乔治冲着我反问道，“哎，你们看看那边那个该死的东西！”

我说：“什么该死的东西？”

“哎，就是那雕像啊，”乔治说，“看看吧！同样是那匹后退站立只有半条尾巴的马，同样是那个没戴帽子的人，同样——”

哈里斯说：“你现在说的是咱们在环形广场看到的那座雕像。”

“不，我不是说的那个，”乔治说，“我说的就在那里。”

“哪一个啊？”哈里斯问。

乔治看着哈里斯，而哈里斯如果用点心的话，是一个不错的业余演员。此时，他表现出真切的惋惜之情，还略带一点震惊。接着，乔治又转过来盯着我看，我努力模仿哈里斯的表情，同时又略表自责之意。

“你要坐出租车吗？”我拿出最和蔼的语气问乔治，“我跑去叫一辆来。”

“见鬼了，我坐车干吗？”乔治冷淡地答道，“你俩老兄听不懂笑话吗？我咋感觉像是和两个糊涂的老女人出来了似的。”

说着，就自顾自往桥上走去，留下我俩紧跟在后面。

“幸好你只是开了个玩笑，”我们赶上他时，哈里斯说，“我知道一个痴呆的病例，一开始——”

“噢，你这个蠢货！”乔治打断他说，“没有你不知道的事。”

他的态度极不耐烦了。

我们带他沿着河岸走过剧院，告诉他这是条近路，事实上，确实是的。在剧院后面的空地上，立着第二座木质雕像仿品。乔治看到它，又停下了脚步。

“怎么了？”哈里斯体贴地问道，“你不舒服吗？”

“我不信，这不是近路。”乔治说。

“我保证，这就是的。”哈里斯坚持说。

“好吧，那我走另一条路。”乔治说着，转身走了。我俩还像前一次那样跟随其后。

在费迪南德大街上，我和哈里斯聊起了私立精神病院，哈里斯说英格兰的精神病院管理不善。他的一个朋友，就住在精神病院里——

乔治插嘴说：“你好像有很多朋友在精神病院里。”

他话带嘲弄的语气，似乎暗指哈里斯的朋友大多都是精神病。但哈里斯并没有生气，他声调轻柔地说：

“是啊，一想到那么多人迟早落得那个结局，确实是很离奇。我现在时常提心吊胆的。”

在瓦茨拉夫广场拐角处，走在前面不远的哈里斯停了一下。

他双手插兜，凝视着街道，不禁赞叹道：“这条街真美啊。”

乔治和我也跟着他欣赏起这条街来。在距离我们两百码的广场中央，竖立着那幽灵般雕像的第三个仿制品。我认为，这个比其他两个都做得好——仿真度最高，最具欺骗性。它挺立在空旷的夜空下，轮廓被映衬得格外清晰：马后腿站立，马尾细得出奇；免冠的骑士，手拿羽毛帽子，指向天边的一轮明月。

“我想，如果你们不介意的话，”乔治说，声音里带有一种感伤，他那盛气凌人的气势已荡然无存。“我要叫辆出租车，如果有的话。”

“我就觉着你看上去怪怪的，”哈里斯说，语气很温和，“是因为头晕吗？”

“可能是吧。”乔治答道。

“我看出来了，”哈里斯说，“但我不想说。你出现幻觉了，不是吗？”

“不，不，不是这样的，”乔治立刻否认，“我不知道是怎么回事。”

“我知道，”哈里斯严肃地说，“我来告诉你吧。就是你喝的德国啤酒在作怪。我知道一个人——”

“这会儿我不想听他的事，”乔治说，“我相信你说的是真事，但不知何故我听不进去。”

“你喝不惯这种啤酒。”哈里斯说。

“我再也不喝了，从今晚开始，”乔治说，“你说得对，好像我是不适宜喝。”

我们和他回到宾馆，看着他上床睡下。他变得非常知礼，也很知恩。

后来有一天，我们白天骑了一整天的车，晚饭时饱餐了一顿美食。饭后，我俩给乔治点上了一根大雪茄，又挪开了他周围的东西，然后，向他坦白了我们为帮助他而设的这一局。

“你们说咱一共看到了几座雕像的复制品？”乔治听后问道。

“三座。”哈里斯说。

“就三座？”乔治说，“你确定吗？”

“确定。”哈里斯说，“怎么了？”

“哦，没事！”乔治说。

但我觉得他不太相信哈里斯的话。

离开布拉格，我们去了纽伦堡，中途经过卡尔斯巴德。德国良民临终时，都留下遗愿要葬在这里，就像美国良民愿意葬在巴黎一样。我对此有所怀疑，因为这个小地方接纳不下大批人马。这里的人们早晨五点起床，六点至八点，乐队在长廊伴奏，斯普鲁特温泉广场上跳舞的人群挤满了长达一英里的路。在这里，你会听到人们说着各种语言，比你在巴别塔①听到的语种还多。每隔十多米的距离，你就能看到波兰犹太人、俄国

---

① 也叫通天塔，据《圣经·旧约·创世记》第11章，当时人类联合起来兴建希望能通往天堂的高塔，为阻止人类这一计划，上帝让人类说不同的语言，使人类相互间不能沟通，计划因此失败，人类自此各散东西。

亲王、中国官吏、土耳其帕夏[①]，还有仿佛是从易卜生[②]戏剧里走出来的挪威人，有法国贵妇、西班牙王公、英国伯爵夫人，以及黑山共和国[③]的山里人和芝加哥的百万富翁。在这里，游客能买到世界上所有的奢侈品，但只有一样除外，就是胡椒。这里方圆五英里以内，千金难买胡椒，而你买到的心爱之物又不值得带走。对于一支占卡尔斯巴德五分之四的动物肝脏消费者大军来说，胡椒就是毒药。防重于治，为此，胡椒被谨慎地拒之于外。于是乎，卡尔斯巴德出现了“胡椒党”，他们到没有限制的地方，去尽情享受胡椒给人带来的刺激。

如果你期待在纽伦堡看到中世纪的风貌，你要失望了。虽说古典韵味的街角和美丽别致的景色令人目不暇接，但处处呈现浓郁的现代气息，甚至那些古迹也几乎没有你想象的那么年代久远。说到底，一座城市就像一个女人，年龄写在了脸上。纽伦堡犹如一个风度娴雅的女士，经过新鲜油漆和涂料的粉饰，在强烈的汽灯和电灯光下，不易看出她的实际年龄。但近距离细看，那斑驳的墙壁和灰塔历历可辨。

---

① 又译“巴夏”、“帕沙”，奥斯曼帝国行政系统里的高级文武官员，通常是总督、将军及高官。此称号一般置于名后。

② 全名亨利克·约翰·易卜生（1828—1906），世界文学史上最伟大的名字之一，生于挪威希恩，是一位影响深远的挪威剧作家，被称为“现代戏剧之父”，共出版过26部戏剧和一部诗集。据说，他是继莎士比亚之后剧本在世界上被上演最多的剧作家。

③ 位于巴尔干半岛西南部，亚得里亚海东岸上的一个多山小国。

第九章

哈里斯违法——助人为乐却麻烦缠身——乔治走上犯罪之路——视德国为福地的人们——英国犯罪者的无奈——德国犯罪者得天独厚的优势——关于床的法规——一种低廉的违法——乖顺的德国犬——甲虫犯错——各行其道的民族——自觉守法的德国男孩——如何推婴儿车走入歧途——德国学生：约束的任性。

从纽伦堡到黑森林，我们三人都以不同的方式惹上了麻烦。

先是哈里斯在斯图加特辱骂了官员。斯图加特这个城市清洁、明亮、风貌迷人，可谓德累斯顿的缩影。此外，市内景点比比皆是，游客无需周折便可一饱眼福，如中型画廊、小型文物博物馆、半个宫殿等，你可怡然自得地逐一参观。哈里斯并不知自己辱骂的是一位官员，他误认为是消防员（看上去很像），骂他是“蠢驴”。

在德国，你不可称呼官员“蠢驴”，但此人也的确就是。事情的经过是这样的：哈里斯急着要离开城市花园，看见面前的一扇大门开着，就跨过警示线，走上了大街。哈里斯坚持说没看见警示线，不过在线上明显有个标示牌，上面写着“禁止通行!”站在大门旁的男士拦住了哈里斯，把标示牌指给他看。哈里斯谢过后，继续前行。那人追上来解释说，这件事不能就此了结，哈里斯必须再跨过警示线回到花园里才行。哈里斯指着标示牌上的“禁止通行”，表示若原路回到花园，意味着二次犯规。那人自己也反应过来不对，于是让哈里斯绕过街角，从正常入口进入花园，然后，转身再从那个门出来。所以哈里斯叫他蠢驴。这件事耽误了我们一整天时间，哈里斯还被罚了四十马克。

在卡尔斯鲁厄我因为偷自行车也惹了麻烦。我不是有意而为，原本只想帮个忙。火车马上要开了，我忽然想到哈里斯的自行车还在货车车厢里。没人过来帮我，我就自己跳上货车，及时把它搬了下来。我正得意地推着车下站台时，突然在一些牛奶桶后面，看到了靠墙立着的哈里斯那辆车。原来我搬了别人的车，不是哈里斯的。

这是一个令人尴尬的处境。若在英格兰，我去向站长解释下我的过错就完了。但在德国，只向一个人解释这种小事还不够，他们会带着你转一圈，去给六七个人解释一遍。万一这其中有人正好不在，或当时没空听你讲，通常就会留下你过夜，第二天早上你再去做解释。所以，我想还不如把它藏在一处隐蔽的地方。我便装作没事似的走了几步，发现一个小木棚，再合适不过了。我正往里推车的时候，却不幸被一个戴红帽的铁路官员瞧见了，他看上去像个退役的陆军元帅。他走上前来说：

“你在干什么?”

我说:“我要把它推进木棚里，挡路了。”我尽量控制语气，表明我的行为是善意且是熟虑的，这样，他还会感谢我。但是，他反应麻木。

“是你的车子吗?”他问。

“这个，不完全是。”我回答说。

“那是谁的?”他声色俱厉地问道。

“我没法告诉你,”我回答说,“我不知道是谁的。”

“你是从哪儿弄来的?”他接着以怀疑的语气问道，几乎令我感到侮辱。

“我是,”我泰然自若地答道,“从火车上弄来的。”

“事实是,”我继续坦率地说,“我搞错了。”

他没让我把话说完，只说了句他猜也是如此，就吹响了口哨。

接下来的情节，回忆起来很无趣。幸运的是——他们说我们中间有贵人——这件事发生在卡尔斯鲁厄，这里有我一个德国朋友，还是个蛮重要的官员。我不愿再细想，假如火车站不在卡尔斯鲁厄，或者我的朋友不在家的话，我的遭遇会是怎样。我虽安然逃脱了，如俗话所说，是九死一生，不过，事与愿违，这件事给我的人品染上了污点。我免受惩罚一事在当地警察圈里至今都被认为是一个严重的误判。

但是，与乔治的违法行为相比，所有的小罪过都显得微不足道。自行车事件使我们陷入一片混乱，结果把乔治给弄丢了。后来才知道，当时他在警察局外等我们，而我们全然不知，以为他可能自己先去了巴登。因急于离开卡尔斯鲁厄，也许是欠考虑，我们就急忙上了一班火车，赶向那里。乔治等得烦了，就回到火车站，结果发现我们已经离开。他的行李也不在了，他的火车票在哈里斯手里，我们三人的钱都在我的手里。乔治口袋里仅有一点零钱，他随即借故存心走上了犯罪的歧途。后来看到传票上所列罪状，吓得我和哈里斯汗毛都竖了起来。

在德国乘火车旅行，可谓有些繁琐。你可能以为，在出发地车站买一张前往目的地的车票，即可到达目的地。其实不然。火车进站了，你正要挤上车时，却被民警挥手示意离开。你的证件呢？你把车票拿给他看，他解释说，单凭一张车票不行，你只完成了第一步，还得回到售票处去，再买一张“快速列车票”。凭此票，你再次进站，以为万事大吉了。还好，你能上车了，但你既没座位，也没站位，还不能走动。你还需再买一张“座位票”，这样，才能保证你在此行程中有一席之地。

我常常在想，要是有人坚持只买一张车票，能怎么样。能让他跟着火车在六英尺宽的轨道上跑吗？或者他能给自己贴张标签，混进行李车厢吗？再假设只买一张快速列车票，却执意不买或没钱买座位票，又会怎样呢？他们会让他躺在货架上，还是把自己挂在车窗外呢？

再说乔治，他的钱刚好够买一张去巴登的三等慢车票。为避开民警的查问，他等到火车开动了，才一步跳上车厢。

这是他犯的第一宗罪：

（a）列车行进中上车；

（b）无视工作人员劝阻。

第二宗罪：

（a）持三等车票乘坐头等车；

（b）拒绝工作人员让其补差价的要求。（乔治说他不是“拒绝”，他只是告诉工作人员他没有买票）

第三宗罪：

（a）持三等车厢票进入头等车厢；

（b）拒绝工作人员让其补差价的要求。（乔治再次为该报告欠准确性而争辩。他把衣兜翻出来，一共只有八分德币，全都给了工作人员。他主动提出乘坐三等车厢，但这趟车上没有三等车厢。他又提出乘坐货车，但是他们不接受）

第四宗罪：

（a）占座，却未付座票；

（b）在走道里游荡。（既然他未付钱不能坐，而他又没钱付，不知他该如何是好）

但在德国，解释是不能作为理由的，因而，从卡尔斯鲁厄到巴登也许是他有史以来最昂贵的行程之一。

回想起这一案子，以及在德国频繁遭遇麻烦的经历，可以得出这样一个结论：德国对一般英国年轻人来说是个福地。医学院学生、寺院吃斋饭的人和在休假的陆军中尉会觉得伦敦生活枯燥乏味。正常的不列颠人以犯法为乐，否则人生味同嚼蜡，任何事都不能令其感到称心如意，唯一的满足是惹出点乱子来。而当下在英格兰，这样的机会并不多。为陷入困境，年轻人需要持之以恒去寻找。

一天，我和我们的高级教会执事聊起此话题。那是十一月十日的早晨，我俩都有些焦急地翻阅着警方报告。头一天夜里在标准区，同一帮年轻人又滋事被传唤了。我的教会委员朋友有儿子，我有个外甥，视同自己的儿子，溺爱他的母亲送他来了伦敦，只为学习工程学。幸运的是，在拘留人员的名单里没有看到我们熟悉的名字。提着的心放下了，我们又聊起了对愚昧、堕落的年轻人的教化问题。

“这很重要，”我的教会委员朋友说，“标准区该如何维护其形象。在我小时候，这里就是这样，晚上总是吵闹不堪。”

“好无聊。”我说。

“太单调了，”他说，“你不了解。”他继续说道，那布满皱纹的脸上飘过一丝空幻的神情，“从皮卡迪利广场[①]走到藤街警察局，你会有一种不可名状的厌倦。可是我们又能怎样呢？什么也不能！有时候你把路灯弄灭，接着就会有人过来再把它点亮。若是有人辱骂了警察，他压根不理睬，甚至不知道自己受到辱骂。即便是知道，他似乎也不往心里去。假使你想跟考文特花园的门房打一架，你就可以去。不过一般来说，门房会占上风。他若赢了，你得赔付五先令，他若没赢，你得付半英镑[②]。我从没觉得这个项目有何令人兴奋的。一次，我试图驾

---

① 英国伦敦市中心的一处圆形广场，著名的旅游景点，它是伦敦市内著名的交通枢纽，5 条繁华大街汇聚于此，所以，人们生动地把这里形容为“伦敦的肚脐”。

② 一枚半英镑金币相当于 10 个先令。

驭一辆双轮双座马车，这一直被认为是现代伦敦街头风气之典范。一天深夜，我在迪恩街的一家酒吧外偷偷拉走了这辆马车。之后，先是在金色广场[①]，我碰到一个招手搭车的老妇人，她带着三个孩子，两个在哭闹，另一个昏昏欲睡。我还没来得及躲走，她就把三个小孩子塞进了车厢，记下了我的车号，付给我一先令，说是诉讼费，然后指给我一个地址，位于她叫北肯辛顿的地方稍远一点。

“实际上，此地在威尔斯登的另一侧。我们一路兼程跑了两个多小时，鞍马劳顿。这是我记忆中所经历的最慢的一次旅程。有一两次，我试着劝说孩子们同意我把他们送回给老妇人。但每当打开活板门要和他们说时，那小儿子就喊叫开了。我找其他马车夫送他们去，多数的车夫用当下一首流行歌的歌词回应我：‘噢，乔治，你不觉得你太过分了点儿吗？’有一人还主动提出愿意帮忙把我的最终遗言捎给我妻子，而另一位承诺说待春暖花开时，他会来把我挖出来，为我举办一场派对。我坐在车夫座位上，想象着自己送的是一位脾气暴躁的老将军，在距离目的地六英里远一个人烟稀少的偏远地区，把他放下，让他自己坐在路沿石上骂娘。届时他也许会碰到友好人士，也许碰不到，取决于具体情况和他自己的运气。我从未想过自己竟驾车负责把这些无助的孩子送到偏僻的郊外。

“不，伦敦，”我的教会委员朋友叹了口气总结说，“想在

---

① 位于伦敦中心，皮卡迪利广场北面，是一个具有悠久历史的广场。

这里犯法都几乎没有机会。”

但是现在，在德国，麻烦是唾手可得。这里有诸多清规戒律，又都极易触犯。我建议那些想给自己惹麻烦，却又在自己国家没有机会的英国年轻人，买一张去德国的单程车票，因为往返票的实际有效期仅一个月，可能用不上。

在《国家公民知法守法指南》里，他会看到一个列表，所列之事明知故犯，均会给自己带来乐趣和刺激。在德国你不可把床悬挂在窗外。他可以从这一条做起。仅在窗外晃一下床，不用等到吃早餐，麻烦就来了。而在国内，他甚至可以把自己挂到窗外去，只要不妨碍别人采光，或下落时不会砸伤过路人，没人在意你。

德国不允许在大街上穿奇装异服。我认识的一位苏格兰高地朋友来德累斯顿过冬。刚来头几天，就因穿着问题和撒克逊政府官员争辩起来。他们问他穿这些衣服做什么。他脾气有点倔，回答说就是穿衣而已。他们又问他为何穿这样的衣服，他说为了保暖。他们直白地告诉他，他们不相信他，并且用一辆封闭式的四轮马车把他送回到他的住所。英国大臣的个人证言，足以向德国官方证明苏格兰高地短裙是很多端庄文雅、安分守法的英国臣民的传统服装，而他们仅限于外交层面接受了该陈述，其个人看法至今未改。他们虽已渐渐习惯了英国游客，但有一位受邀来和几个德国官员打猎的莱斯特郡的绅士，刚在酒店门外露面，就立刻被连人带马一起带走，去警察局解释他的轻浮穿着。

另一个是你不能在城里的大街上喂马、喂骡子，或是喂驴，不论是谁的。若你有心情喂别人的马，必须先和这牲口约定时间，必须去官方授权的地点喂食。你不能在街上摔碎玻璃制品或瓷器，实际上，任何公共场所都不行。一旦打碎了什么，必须把所有碎片全捡起来。至于如何处理这些碎片，我也说不上，我唯一能确定的是，你不能随处乱扔，也不能随地乱放，或者明确地说，不能以任何形式舍弃它们。很可能，你得终生随身携带，直至陪你一同入土为安。或者，也许你会获准将其吞咽下肚。

你也不能在大街上用十字弓箭射击。德国的立法者并不满足于惩治常人的不良行为——那些想做但不能做的事，他挖空心思地设想那些流浪狂人可能会干出的所有事情。在马路中间倒立不违法，因立法者们还没想到这一点。也许某一天，哪位政治家去马戏团看杂技表演时，会意识到该项的遗漏。回去立刻着手制定条款，禁止在马路中间倒立，并明确罚款标准。这就是德国法律的魅力所在：每一个不端行为明码标价。不像在英国，搞得你彻夜难眠，不知道将会被警告后无罪释放，还是要交 40 先令的罚款，或与地方法官陷入不和，被判七天监禁。在德国，你准确地知道自己为寻乐而买单的价格。你可以把钱全摊在桌上，打开那本知法守法指南，然后筹划一个只花五十芬尼[①]的假日。你若想体验一个超优惠的夜晚，我建议你在得

---

① 一种德国旧的辅币或纸钞单位，1 马克等于 100 芬尼，从 9 世纪一直使用到 2001 年 12 月 31 日止。

到警告后，继续在人行道上逆行。选好你要去的街区，只走僻静的背街，我估计，花不了三马克，你就能在人行道上通宵尽情地逆行。

德国禁止夜幕下“成群结队”漫步于城里。我不很确切多少人够得上是“一群人”，而且，和我曾讨论过此事的德国官员们，谁都不能定出一个准确数字。一次，我的德国朋友和他妻子、岳母、五个孩子、妹妹和准妹夫、两个外甥女一同步行去剧院，我问他是否感觉在冒险犯法，他把我的话当真了，随即瞟了一眼这一行人。

“哦，我觉得不会吧，”他说，“你知道的，我们都是一家人。”

“法律条款并未说明一群家人可否，”我回答说，“只说一‘群’人。我别无他意，但仅从词源上讲，我个人倾向于把你一家人视为一‘群’人。至于警察是否认同，还有待证实，我只是给你提个醒。”

我朋友对我的担心不以为意，但他妻子认为最好不要冒任何风险，以免华灯初上，聚会就被警察给搅散了。于是，他们分开行动，约好在剧院大厅会合。

你还不能随心所欲地朝窗外扔东西，猫也不能作为理由。来后的第一周，夜里我常被此起彼伏的猫叫吵醒。有一天我忍无可忍，就收集了几样武器——两三块煤、几只硬梨、两个蜡烛头、在厨房桌子上找到一个剩鸡蛋、一个苏打水空瓶子，还有几样类似的东西——打开窗户，朝着噪声传来的地点连续轰炸。我认为什么也没击中，因我从没听说过有谁打中过，即便是他看见了猫，也许，除非巧合，原本瞄准的是别的什么，结果歪打正着。我认识几个神枪手，女王奖得主——这类人——在五十码以外的射程，用猎枪向猫射击，均是毫发无伤。我常想，除了靶心和奔跑的鹿等一类货色，真正出色的神枪手是自诩射中了猫的人。

但反正是猫都跑开了，可能被鸡蛋熏的，我拿起来时就注意到像是不新鲜了。我又回到床上，心想这下该安静了。不曾想，才过十分钟，响起了极速的门铃声。我没理会，但敲门者过于执着，我只好穿上睡衣，下楼去开门。一个警察站在门口，面前放了一小堆我之前扔出窗外的东西，除了鸡蛋，一个没少。显然，他把这些东西都捡回来了。他问：

“这些都是你的吗？”

我说：“曾经是的，但我已和它们断绝关系了。现在谁想拿走都行——你也可以。”

他对我的提议漠然置之，说道：

“你把这些扔出窗外的。”

“没错，”我承认，“是我扔的。”

“你为何要这么做？”他问。德国警察有自己的问话套路，从不随意改变问题，也从不少问一句。

“我想把那几只猫赶走。”我回答道。

“什么猫？”他问。

这种问题也就德国警察会问。我带着极尽所能的讽刺腔调对他说，实在是惭愧，我无可奉告，因为我还不认识它们。但我答应，倘若他能把这个区的所有猫都召集起来的话，我愿意试试看能否从叫声中把它们辨认出来。

这位警察没有幽默细胞，也幸好他没听懂，因我相信，和穿德军制服的人开玩笑，要受到重罚，会被定义为“对官员傲慢无礼”。他只是说，警察没有帮助我认猫的义务，他们只负责给我开罚单，因为我向窗外扔东西。

我问他，在德国夜夜被猫叫吵醒，该怎么办，他说我可以告发猫的主人，然后警察也会向他提出警告，必要时，可下令把猫给灭了，但谁来当这刽子手，行刑期间猫会怎样，他没给出进一步解释。

我问他有何建议能让我找到猫的主人，他想了一下说，我可以跟踪到家里。话至此，我不想再和他多纠缠了，越说越繁难。结果是，那晚的猎猫花去我十二马克的银子，而来找我了解情况的四位官员，竟无一人感觉到这其中的荒唐。

然而，在德国，大多这些错事和蠢事，与踩踏草坪这一弥天大罪相比，都变得无足挂齿。不论在任何时间、任何地点、任何情况下，你都不可踩踏草坪。草在德国被奉若神明，你将其踩在脚下，等同于在伊斯兰祷告垫上跳角笛舞①，是对神灵的亵渎。就连狗都知道敬奉草坪，它们从不去踩踏，你若看到有狗在草坪上蹦跳奔跑，就能确定那一定是只邪恶的外来狗。在

① 17 世纪后期至今在英国等国的一种水手跳的传统舞。

英格兰，我们会在防止狗进入的地方，用支墩牵起六英尺高的带刺铁丝网。在德国，他们只在场地中间立一块牌子，上面写着“狗禁止入内”。纯正血统的德国犬见此牌，即刻转身走开。我曾在公园见过一个园丁穿着毡靴、小心翼翼地走进草坪，严肃而毅然地把一只甲虫从那里挪到沙地上。之后，又严厉地注视着，确保它不会再走回头路。这只甲虫自感万般羞愧，急忙沿水沟走到标有“出口”的路上去了。

在德国公园，道路职能划分细致，不同的路专属不同的群体，没有人会冒自由与财富之险，走不属于自己的路。有专供“骑车者”走的小路，有专供“步行者”走的小路，有“骑马人”走的大路；有小型车辆走的路，也有大型车辆走的路，还有儿童走的路，及“单身女士”走的路，却没有专属于光头男士或“新女性”的路，我一直认为是个缺憾。

在德累斯顿的大花园，我曾遇见一位老妇人，站在七条岔路口，无助、惶惑。每条路上都有警示，提醒人们走自己该走的路，不可任性走错。

“对不起，打扰下，”得知我会说英语，又能看懂德语，她便对我说，“请你告诉我，我是哪种人，该走哪条路？”

我仔细打量她一番，得出她是“成年人”和“步行者”，就指路给她。她看了看，似乎很失望。

“但我不想去那边，”她说，“我能走这条路吗？”

“天啊，不能的，夫人！”我回答道，“这条路是儿童走的。”

“但我不会伤害他们的。”老妇人笑着说。她看着就不像是那种会伤害孩子的人。

“夫人，”我告诉她，“如果我说了算，我会信任您，让您走这条路，即便是我大孩子在路的那头走着，但现在我只能告诉您这个国家的法律规定。像您这样心智成熟的妇人，冒险走此路，意味着要面临罚款，即使不是监禁的话。您该走那条路，这里标的很清楚——步行者专用。您若听我的建议，就赶快沿着那条路走吧，您不可在此犹豫、久留。”

“那条路的方向压根不是我要去的。”老妇人说。

“但那是您应该去的方向。”说完，我们就分开了。

公园里，有的座位上写着“成人专座”。急于想坐下的小男孩见此标识，会直接走开，去找儿童该坐的座位，并小心翼翼地不让鞋上沾的泥土弄脏座位。假设在摄政公园①或圣詹姆斯公园②也有座位标着“成人专座”，周围五英里的所有孩子都会争着过来，把座位上的孩子拽下来，自己上去坐一坐。至于“成年人”，他大概根本无法挤进围了座位有半英里路的孩子堆里去。在德国，若小孩子偶然没注意坐在了不该坐的地方，一旦有人给他指出来，他会立刻起身，低垂着头，感到害羞和抱歉地手挠着头走开的。

这并不代表德国儿童被温情主义政治所忽视。公园里均有

---

① 英国伦敦仅次于海德公园的第二大公园，于 1838 年向公众开放，内有若干园中之园，如著名的玫瑰园、玛丽皇后园等。

② 面对白金汉宫，是皇家公园中最古老、最小、装饰最丰富的公园，原为亨利八世的狩猎场，18 世纪时由查理二世聘请法国景观设计师仿凡尔赛宫风格，改建成为法国式花园，19 世纪初在英国著名建筑师的进一步美化之下，至今成为伦敦市中心最美丽的公园。

专为儿童提供的场地，配有沙堆。孩子在这里尽情地玩耍，做泥饼、建沙堡。在他眼里，只有用这里的泥做成的泥饼，才是圣洁的。否则，他得不到满足，心灵深处也会感到厌恶。

“那个饼，”他会对自己说，“本该，却并没有用政府提供的专门做饼用的泥做成，也不是在政府专门策划和维护的泥饼生产点制作的，它不会给人真正送来福气。那是一块非法饼。”虽然他父亲已交了罚款，他自己也接受了教训，但他依旧感到良心不安。

简单的家用婴儿车在德国也能给人带来刺激。这个被称为“幼儿车”的东西，竟在德国法律中占据数页的篇幅，详细规定了哪些合法，哪些不合法。读过这些条款，你会得出：只有外交官在城里推着婴儿车走街串巷才是合法的。你不可推车四处闲逛、不可走得太快、不可挡他人的去路。若有人挡了你的路，你必须为其让路。若要停车，必须到指定的专用停车点，而且到了那里，你必须停下来。你不可推车过马路，即使你和孩子就住在对面，也不允许。你不可将婴儿车随处放置，除指定的地点外，也不可推车随处行走。可以说，你在德国推着婴儿车出门，不出半小时惹的麻烦，得耗上你一个月的时间去解决。英国的年轻人若想和警察过招，最见效的办法就是带上婴儿车到德国来。

在德国，夜里十点后，必须把前门锁上；十一点后，不得在家里弹钢琴。在英格兰，晚上十一点后，我倒是从没想过要弹钢琴，也没想要听别人弹，但这与明令禁止是两回事。现在在德国，我从未像这样，每到夜里十一点，就特别想坐下来听《少女的祈祷》[1]或《赞帕》[2]序曲。然而，对于遵纪守法的德国人而言，夜里十一点之后的音乐已不再是音乐，而是罪孽，因而不能成为人的精神寄托。

在整个德国，唯有学生渴望着超越法律的自由和任性，但仅限于个别界定明确的行为。按照习俗，学生享有某些特权，但却是严格受限，并充分了解的。比如，允许学生因喝醉而睡在排水沟里，只要他在次日早上给发现并送他回家的警察小费，就能免受其他处罚，但前提是他必须选择背街的排水沟。所以，在意识到自己即将失忆时，他会拼尽全力绕过街角，只为能够无忧地倒下。在某些区域，他可以按住户的门铃求助，这里的房租一般较低。但这也不是一件容易事，家家户户都有自己的一套按铃方式作为暗号，以此判定来者的身份。所以，深夜敲门，最好要清楚人家的暗号，否则，你若持续按门铃，就可能惹来一桶凉水而湿身。

此外，还允许德国学生在晚上熄灭路灯，但是有一种偏颇观点，认为他熄灭了太多的路灯。爱玩闹的学生通常会计数，以每晚六盏灯为尽兴。而且，深夜里他还可以在回家的路上又喊又唱，不超过凌晨两点半就平安无事。在一些饭店，他可以搂住小姐的腰。为避免发生丑闻，学生经常光顾

---

① 波兰女钢琴家巴达捷芙斯卡作于 1856 年的钢琴小品。结构单纯，浅显淳朴，亲切感人，虽略带伤感，但又异常柔美，逼真地表现了一个纯洁少女的美好心愿。

② 法国作曲家费迪南·埃罗尔德 1831 年创作的一部歌剧。目前仍在演奏的只有《赞帕》序曲。

的饭店招聘女服务员，都是从上了年纪的保守女士中精挑细选。这样，学生在享受调情的乐趣时，不必担心，也不会有失体面。

这就是遵纪守法的德国人民。

第十章

游客眼中的巴登——午后窥见清晨之美——圆规测出的距离——双腿测出的距离——乔治遵从自我良心——懒惰的自行车——海报宣传的骑行：安逸——海报骑手的服装与姿态——家庭宠物之狮鹫[①]——有自尊的狗——遭辱骂的马。

关于巴登，唯一能说的是它与同类度假胜地别无两样。我们从这里正式开始骑行，计划用十天走完黑森林，包括多瑙河谷沿途的一段盘山路，其中从图特林根到锡格马林根这段二十英里的山谷景致，大概是全德国最美的。在此，多瑙河溪水蜿蜒流经古雅淳朴的村庄和绿草映衬的古刹，依稀可见腰间紧系麻绳、赤脚光头的修士，以及手拿曲柄杖，羊群山坡放的牧羊人。溪水在树木丛生的岩石和陡峭如削的悬崖间流淌，荒废的要塞、教堂或城堡屹立于高耸入云的奇峰顶上。眺望孚日山脉[②]，那里的一半居民因你讲法语而痛苦不堪，另一半居民因你讲德语而受到侮辱，所有居民一听你讲英语顿感愤怒和蔑视。在那里，同陌生人谈话真令人感到胆颤心惊。

---

① 希腊神话中的怪兽，长有狮子的躯体与利爪、鹰的头和翅膀，因为狮子和鹰分别称雄于陆地和天空，狮鹫被认为是非常厉害的动物。

② 位于法国东部、与德国交界处的山脉，它绵延于上莱茵省、下莱茵省和孚日省境内莱茵河谷以西地区。在黑森林北部可以观赏到莱茵河谷和孚日山脉的风光。

我们的骑行计划未能圆满实施，因为现实是此岸，理想是彼岸。午后三点我们还信心满怀地说："明早五点起床，五点半简单吃点，六点就出发。"

"这样，赶在烈日当头之前，我们的行程就走得差不多了。"一个人说道。

"在这个季节，清晨是一天中最美好的时光，你们不觉得吗？"另一人补充说。

"哦，当然啦。"

"天气凉爽，空气清新。"

"晨光朦胧而醉人。"

第一天早晨，大家遵守诺言，五点半准时集合。谁都不吭一声，后来个别人有点发急，又有人开始抱怨饭菜及许多其他事宜，团队里充斥着紧张、急躁的气氛，随时有发泄的可能。到了晚上，诱惑者的话[①]在耳边响起：

"我觉得如果我们六点半准时出发的话，时间也够了吧？"

美德弱弱地反对说："那就改变了我们先前的决定。"

诱惑者反驳道："决定为人而做，不是人为决定而生。"这个魔鬼按照自己的意图阐释《圣经》经文。"再说，早起会打扰整个宾馆里的人，想想那些可怜的服务员吧。"

美德用更加柔弱的声音说："但在这一带，大家都习惯早起。"

"他们那都是不得已，可怜的人们！咱就说好六点半早餐，

---

① 出自《旧约圣经》：亚当和夏娃违背上帝的旨意，听信诱惑者（蛇）的话，吃了禁果，受到上帝的惩罚。

准时开饭；这样也不会打扰任何人。”

如此一来，罪恶伪装成善良。睡到六点，还虚伪地说是出于对他人无私的考虑，然而其良心却并不认同。我知道这无私的考虑后来让起床时间又延迟至七点。

同样，用圆规测出的距离与实际骑行的距离之间有误差。

“以每小时十英里的速度，一天骑七小时就是七十英里，很轻松愉快的。”

“还要爬几个陡坡吗？”

“那另一面就是下坡嘛。就算一小时八英里，一天骑六十英里吧。我的老天爷！要是一小时平均八英里都骑不到，那我们就坐巴斯椅[①]走吧。”理论上，似乎确实不可能比八英里再慢了。

到了下午四点钟，责任以略低于喇叭的音调发声了：

“哎，我想我们该赶路了。”

“哦，不用急！别大惊小怪的。这儿的景色真不错，是不？”

“很宜人。可别忘了，我们离圣布拉辛还有二十五英里呢。”

“多远？”

“二十五英里，甚至再远一点。”

“你是说，我们才骑了三十五英里？”

“就这些。”

“胡说。我怀疑你的地图不准。”

---

① 指巴斯（英国）温泉疗养院的一种专供病人或残疾人使用的轮椅。患者在护士的帮助下，可以去洗温泉或在附近活动。

“不可能啊。你知道的，我们一早出发，就一直不停地在骑。”

“不是的，我们八点才走的。”

“差一刻八点。”

“好吧，差一刻八点。我们是每隔六英里就停一下。”

“我们只是停下来看看风景而已。到国外旅游，却不看风景，那白来了。”

“而且，我们还上了几个陡坡。”

“今天又格外的热。”

“嗯，反正别忘了还有二十五英里才到圣布拉辛。”

“还要爬坡吗？”

“要的，有两个，上去下来。”

“我记得你说过，到圣布拉辛不是一路下坡吗？”

“最后十英里是下坡，我们这不是还有二十五英里嘛。”

“从这里到圣布拉辛，沿途没有什么景点了吗？那边湖上的那个小地方是什么？”

“那不是圣布拉辛，或附近任何地方。开这个头可不太好。”

“过度劳累才不好呢，凡事都该适度。从地图上看，那个风光秀美的蒂蒂湖[①]小巧玲珑，感觉那里的空气应该清新。”

“好吧，我都行。是你们提出要去圣布拉辛的。”

---

① 德语中少女湖之意，是德国西南部巴登—符滕堡州黑森林南部的一个湖泊，是黑森林地区最大的天然湖，据说得名于罗马皇帝提图斯。这里的湖水清澈见底，环湖杉树浓郁成荫，湖岸的黑森林美景倒映其中，再加上纯净的蓝色天空和团团白云，被视为黑森林地区最漂亮的湖泊之一。

“哦，我对圣布拉辛没什么兴致！深山峡谷里一个偏远的小地方。我觉得，这个蒂蒂湖一定好看得多。”

“也近得多，不是吗？”

“五英里路。”

大家异口同声地说：“我们就去蒂蒂湖。”

在出行的第一天，乔治就发现了理论与实践的不一致性。

“我认为，”乔治说——他骑着单车，哈里斯和我骑着双人车走在他前面——“我们应该坐火车上山，再骑车下山。”

“通常是这样的，”哈里斯答道，“但在黑森林，不是每座山都通火车。”

“我有点怀疑。”乔治抱怨地嘟哝着，然后又沉默了。

“况且，”寻思了一会儿，哈里斯说，“你不能只想着下坡，真的，那多没劲。不经一番寒彻骨，怎得梅花扑鼻香。”

大家又一阵不语后，这次，乔治先开腔了。

“你们俩老兄别因为我而过于耗费你们的体力。”他说。

“你什么意思啊？”哈里斯问。

“我的意思是，”乔治解释说，“要是正好有车上山的话，你们可别因为怕破坏我的感受而放弃不坐。我自己是打算坐火车上去的，即便是平淡没劲。我要遵从自己的良心。已经连续一周早上七点起床了，我合计着得补偿下自己。你们千万不要考虑我而不坐车。”

我们答应记住他的话，然后大家继续专心骑车，直到乔治再次打破沉默。

“你说你这车子是什么牌子的?”他问。

哈里斯告诉了他。我记不清生产商了，因这无关紧要。

“你确定吗?”乔治继续问道。

“我当然确定，”哈里斯答道，“哎，怎么了?”

“噢，和海报上说的不符，”乔治说，“没什么。”

“什么海报?”哈里斯问。

“就是给这个牌子的车做广告的海报，”乔治解释说，“出发前一两天，我在斯隆大街[①]的一幅广告牌上见到过，一男士骑了一辆这个牌子的单车，手拿小旗。他分明根本没用力气，只是坐在车上，陶醉在清新的空气里，车轮自动飞转，一切安然无恙。可骑上你这辆车，我得拿出吃奶的劲儿，这是个懒家伙，你不蹬，它就不走。我要是你，就去投诉。”

想想也是，现实中几乎找不到海报里那种车。我只记得见过一张海报展示车手在奋力蹬车，但那是因他正被一头公牛追赶着。通常情况下，广告设计的宗旨是说服仍在观望的新手，骑车运动就是坐在奢华的车座上，由无形的天界神力推动你朝着心向往之轻疾而去。

海报里一般是美女骑行者，给人一种睡在水床上不如骑车上山能得到身心彻底放松的视觉效果。它向人展示，乘夏日白云飘过的仙女也比不上少女骑手来的自在。她身着靓丽的骑行夏装，虽然保守的女房东拒绝为她提供午餐，见识短浅的警察

---

① 伦敦的一条时尚购物街，自北向南从骑士桥到斯隆广场。

为安全起见，会在传唤之前给她裹上毯子，但她对此不屑一顾，以一副慵懒妩媚的姿态，骑车上坡下坡，穿梭于拥挤不堪的街道，跨越坎坷不平的道路。她金色的秀发随风飘散，窈窕的身材轻盈舒展。她一只脚踩在车座上，另一只搭在车灯前，此时坐在车座上，彼时双脚随意放松，还点上烟，在头顶上挥动着中国灯笼。

而展现男士骑行的广告相对少见。他没有女骑手那般技艺高超、姿态万千，他只会几个简单动作，如站在车座上挥舞旗子、边骑车边喝啤酒或牛肉汁等。人们认为，他必须做点什么来给大脑充充电。连续数小时静坐在单车上，不做事，不思考，任何秉性活泼的人也会变得呆滞。故而，我们看见临近峰顶时，他兴奋地脚踏车蹬，起身面向太阳或四周美景，吟诗作赋。

偶尔，海报会展现一对骑行情侣，由此人们意识到，原来在单车上谈情说爱，比在过时的客厅或花园门口更有情调。两人各自跨上车，当然，车的款式也得是情侣款，然后，二人尽情地沉浸于甜蜜时光的回忆中。他们沿着林阴小道，穿过集日里拥挤的镇子，开心地骑着“柏孟塞公司①生产的全英最佳底部托架”或“坎伯威尔公司生产的无接缝尤雷卡高电阻铜镍合金”自行车，不用蹬车，不需导航，他们只要设置好方向和回家的时间，就万事大吉了。当埃德温边骑车边探出身子和安杰

① 位于伦敦，生产工具和简单通用的工艺工作台。

利娜耳语着老套的情话，安杰利娜为掩饰羞红的脸，而转头向身后地平线望去时，两辆神奇的车子依旧平稳地齐头并进。

艳阳高照，道路干爽。身后没有严厉的家长，旁边没有多事的姑妈，街角没有窥视的调皮鬼弟弟，他们一路畅行，快乐无忧。哎！为何我们年轻时就没有这些“全英最佳”或“坎伯威尔尤雷卡”呢？

大概“全英最佳”或“坎伯威尔尤雷卡”是累了，正倚靠大门立着。一整下午都在驮着年轻人马不停蹄地奔跑。他们心有不忍地下了车，让车子歇歇脚。他们坐在树荫下的草坪上，绿草绵远干爽，小溪在脚边流淌。现世安稳，岁月静好。

这就是自行车海报设计者致力于传递的理念——现世安稳，岁月静好。

但我想错了，现实里并不像海报所展现的那样，骑车从不费力气。现在回想起，曾见过有些海报上的绅士们在奋力蹬车——几乎可以说是在玩命。他们累得瘦削又憔悴，眉毛上挂着串串汗珠，让人感到若是海报后面还有座山的话，他们不下车就得累死。但这是他们自食其果，因为他们坚持骑劣质车。倘若像海报中间那位明智的年轻人骑上“流行帕特尼”① 或“巴特西邦德”牌子的车，所有这些无用功则可省去。他们尽可心怀感恩，面带笑容，或许偶尔要倒蹬几下，以防充满青春活力的单车一时昏了头飙车过猛。

---

① 自行车品牌。

你们这些疲惫的小伙子，沮丧地坐在里程碑石上，筋疲力尽，以至于连绵之雨浸湿了全身也无意理会；你们这些疲乏的姑娘，披着湿漉漉的直发，着急赶时间，心里想咒骂，却又骂不出口；你们这些秃头胖子，在喘息和咕哝声中，你们的背影渐行渐远，直至消失在无尽的路上；还有你们这些满脸通红、灰心丧气的夫人，虐心地蹬着即转得慢又蹬不动的轮子。你们为何不买“全英最佳”或“坎伯威尔尤雷卡”的车呢？为何满大街跑的都是那些杂牌车呢？

许是骑车同世间凡事一样：海报很丰满，生活很骨感？

德国有样东西让我一直兴致不减，这就是德国狗。在英国，那几种狗早已司空见惯，产生视觉疲劳了：有大驯犬、达尔马提亚狗、小猎狗（毛色有黑、白，或毛发粗糙，但都吵闹、好斗）、牧羊犬和斗牛犬，再没见过新品种。但在德国，狗的种类繁多，有的见所未见，若不是听犬吠，你认不出来，真是太新鲜有趣了。乔治在锡格马林根①拦下了一条狗，让我们都去看。它看上去像是鳕鱼和贵宾犬杂交的品种，我能肯定，它就是鳕鱼和贵宾犬杂交的。哈里斯想要给它拍张照，但它跳上栅栏，消失在灌木丛里了。

我不清楚德国饲养员的真实想法，他尚未公开。乔治认为他是想繁育狮鹫。倒是有不少证据能够证明这一猜想，在一两处我确实也看到成功的迹象，但我依然相信这纯属巧合。德国

---

① 德国南部一座历史悠久的城市，其地标性建筑为西格马林根城堡。

人注重实际，而且我没见过狮鹫这种动物。若只为猎奇，不是已经有了达克斯狗[①]！还要更奇葩的吗？再说，家里不便养狮鹫，人们会不时地踩到它的尾巴。我认为德国人是想培育美人鱼，然后训练其捉鱼。

因为德国人不喜欢任何懒惰的生物，他们喜欢看狗干活，德国狗也确实爱劳动，这一点毋庸置疑。在德国人看来，英国狗一定生活得不幸。设想一条狗，身强力壮、活蹦乱跳，又聪明智慧、活力四射，却像被囚禁了一样，整日无所事事！你做何等感受？难怪这狗觉得没有知音，它向往不可企及之事，且常常自找麻烦。

与之相比，德国狗一脑门子的事儿，它忙得不可开交。瞧它套着牛奶车走路的样子，即使在教会捐赠时间，也没见过哪位教会委员自我感觉如此得意。它其实并没干什么，车是人推的，它只汪汪叫。这就是分工的理念，大家各司其职。它对自己说：

“这老人不会叫，但他能推车。太好了。”

它对工作表现出的热情和自豪感称得上是一景。有一条路过的狗貌似说了句嘲笑的话，怀疑牛奶的成色，它戛然止步，全然不顾对交通造成的影响。

“劳驾你再说一遍，你说我们的牛奶什么？”

“我没说什么呀，”那狗以无辜的口吻弱弱地回嘴道，“我

---

① 又名腊肠犬。

只是说天气晴朗，又问了牛奶的价钱。”

“哦，你问牛奶的价钱了，是吗？你想知道吗？”

“是的，谢谢。我想你能告诉我。”

“你说对了，我能。它卖——”

“哦，快点！”老妇人催道，她又累又热，急着早点送完这趟奶。

“知道了，但是岂有此理，你听到它说我们牛奶什么了吗？”

“哦，别理它！有辆电车要转过来了，会把我们都撞翻的。”

“知道了，不过我真是介意，人都有自尊。它问牛奶的卖价，我得让它知道！我们的奶值二十倍——”

“你成事不足，败事有余，我就知道，”老妇人幽幽地喊道，同时拼尽自己微弱的力气把它往回拉。“天啊，天啊！我不让你跟着来就好了。”

电车正向他们逼近，出租司机朝他们大喊，一条大狗拖着装有面包的车从街对面过来想搭把手，后面跟着的孩子在尖叫，一小群人围过来，警察也火速赶往现场。

“我还没和你细算，这奶就比你值二十倍了。”送奶狗说。

“哦，这是你说的？”

“是我说的，你这个法国狮子狗崽子，吃卷心菜的——”

“得啦！我就知道你会捅出乱子来，”可怜的送奶老妇人说，“我说过的，它会捅出乱子来。”

此刻它正忙着，顾不上听她说话。过了五分钟后，交通才恢复正常，送面包的小女孩捡起了滚上泥土的面包圈，警察记下了街道上所有人的姓名和住址后也离开了，它这才回想起刚才发生的一切。

“确实是有点混乱。”它承认。接着，它开心地、毫无顾忌地边摇晃边说：“但是我让它知道了牛奶的价钱，我料它也不会再来打搅我们了。”

“但愿如此。”老妇人说，心疼地看着洒了一地的牛奶。

然而，它最热衷的运动是在山顶等另一条狗，而后向山下狂奔。每逢此时，主人的主要职责就是跟随其后，来回跑着捡起它落掉的东西，有烤面包、卷心菜、衬衫等。跑至山底，它又停下来等着它的伙伴。

“我跑得不错吧？”当主人拉长了脸走上来时，它气喘吁吁地自我评价说，“要不是那个笨蛋小男孩，我肯定又赢了。我拐弯时，他正好挡着我。你看到了吧？我要是早点看见就好了。讨厌的小屁孩！他为何那样号叫？是因为我撞倒他，又从他身上踩过去吗？好吧，谁让他不快闪开呢？人们把孩子丢在一旁不管，等着绊倒别人，真是过分。嗬！这些东西都掉出来了？你应该仔细装好。是没想到我能跑这么快吧？每小时二十英里冲下山来。你一定最了解我，我是不会让老施奈德的狗轻而易举就超过我的。但是，好啦，你是不会想到的。你确定把掉的东西都捡回来了吗？你确信吗？换上我，我就不能‘确信’，我会跑上山再确认一遍。你觉得很累？哦，好吧！要是丢了什么，别怪我就行了。”

它很任性，坚持要在右边第二个路口拐弯，实际应是第三个，但谁也说不服它。它确信自己能来得及过马路，待亲眼见到推车被撞毁时，才无话可说，真心悔过，可又有何用？因它的身材和力气犹如小公牛，其主人一般又都是步履蹒跚的老人或小孩儿，它便随心所欲，而主人对它的最大惩罚不过是闭门思过，主人自己拉车外出。可是，德国人太善良，往往不忍心这么做。

简直无法相信狗拉车是自寻开心，我深信，德国农民设计和制作这种小巧的挽具和推车纯粹是为哄狗高兴。在其他国家——比利时、荷兰和法国——我见过这些挽用狗被虐待、当苦力用，但在德国，你永远见不到这种事。德国人虐待动物的方式令人震惊。我曾见过一个德国人站在他的马前，把他能想到的所有骂人的称呼都用上了，而那匹马却无动于衷。我还见过一个德国人，骂马骂得累了，就叫他妻子出来帮着骂。她来后，他把马的所作所为好一通告状。这女人听了也像她丈夫一样，怒发冲冠。于是，两口子左右各站一边，同时向马开骂。他们骂了它过世的母亲，又辱骂它的父亲，并对它的相貌、智商、道义感，及综合能力进行挖苦和讽刺。可怜的马以极大的耐心忍受着连珠炮似的辱骂，它听了一会儿，做出一件在此情况下最漂亮的事，它平和、悄然无声地走开了。那女人随即回去接着洗衣服，这男的跟着它上了街，嘴里还不停地骂着。

德国人是最心地善良的民族。在这片土地上，虐待动物或儿童是前所未闻。他们把鞭子当乐器，从早到晚甩得劈啪响。

但我曾在德累斯顿的街上看见一个意大利马车夫用鞭子抽马，他几乎快被愤怒的人群私刑处死。在欧洲，唯有德国，游客可以舒适安全地乘坐马车，不必担忧车辕间他那温顺、合作的动物朋友会过度劳累，或受虐待。

第十一章

黑森林农舍：屋里人欢马叫——香气四溢——凌晨四点后乔治绝不赖床——必经之路——我超乎常人的直觉——不领情的一群人——哈里斯：俨然一位科学家——他的快乐与信心——村庄的位置及原址——乔治的计划——乘坐马车漫步，感受法式优雅——德国马车夫梦中惊醒——向世界推广英语的人。

有天晚上，我们累得筋疲力尽，又前不着村，后不着店的，只好借宿在黑森林的一家农舍。屋内热闹非凡，令人陶醉。我的隔壁是奶牛，马在楼上，鹅和鸭在厨房，猪崽、孩子和小鸡在屋里自由穿行。

你正在穿衣，忽听身后一声咕哝。

“早上好！你这儿有土豆皮吗？我看是没有，再见。”

接着又传来咯咯声，只见一只老母鸡在拐角处伸出脖子来。

“今早天气晴朗，不是吗？你不介意我把这只虫子带进来吧？在这家里，想找个清静的地方美餐点东西都真难。从小到大，我一直吃饭慢，要是和十几个伙伴一起吃，它们会跟我抢食的，都要凑过来多吃一口。你不介意我到床上去，对吧？这样他们可能就看不到我了。”

你还没穿好衣服，各种头发蓬乱的动物在门口探头进来偷看，它们显然把房间当成临时动物展了。仅从头部，你分辨不出它们的性别，就权当都是公的吧。你关门也没用，因为门上没锁，你前脚离开，它们后脚又把门推开了。你若像浪子[①]一样吃早饭，基本是给他人提供机会：一两头猪会进来串门，陪你共进早餐；一群老鹅在门口对你说三道四，从它们窃窃私语和惊讶的表情，你能感觉到它们在八卦你。或许，奶牛也会屈尊朝屋里瞟上一眼。

我想，正是这种诺亚方舟的模式，赋予了这家农舍一种独特的气味。这是一种无可比拟的气味，仿佛是把几朵玫瑰、林堡干酪[②]、发油、一些石楠花、洋葱、鲜桃以及肥皂沫，外加少许大海的空气和尸体的腐味，全部大杂烩了。你说不出具体某种气味，但能嗅出每一种的存在——所有尘世间已知的气味。这里的住户对这种混合气味情有独钟，他们舍不得开窗，怕它流失，他们小心翼翼地将其密封保存。要想感受不同的气味，你可以去室外闻闻木本紫罗兰和松树，而室内只有这屋子扑鼻的气味。我听说人很快就能适应，一旦离开，甚是想念，以至于辗转难眠。

因次日我们要走的路程很长，所以打算早起，如果不会打

---

① 源于《圣经》浪子回头的故事。

② 原本产自比利时林堡附近，气味浓烈，但现时德国制的林堡干酪已经取代了比利时生产的干酪，外形为小长条状，红褐色的外壳和奶油色的干酪肉。

扰到房东一家的话，想六点就起床。我们问女主人是否方便，她说没有问题，但到时她可能不在家，因为该轮她到镇上去，离家大约八英里远，所以七点前她一般是赶不回来。不过，她丈夫或哪个儿子可能会在那个点回来吃饭。总之，会有人回来叫醒我们，给我们准备早饭的。

其实，我们根本不需要叫早，四点钟大家都自动起来了。我们四点起床是为了避开那吵得人头疼的噪声和嘈杂。我说不上住在黑森林的农夫们夏季几点起床，感觉他们好像整夜都不睡似的。起床后的第一件事，先是穿上结实的木底靴子，在屋里绕圈健身散步。他上楼下楼来回三次，才算是正式起床。完全清醒后，接下来，他再到楼上的马厩去叫醒马。（这里的房屋通常依山的陡坡而建，顶层是一楼，放干草的阁楼在底层）然后，马好像也必须先绕圈健身散步。看着马走完步，他又下楼到厨房去砍柴。砍够了，他心满意足地哼起小曲儿来。看到这一切，我们决定要向他学习。那日早上，连乔治都急着要起床。

四点半，我们简单地吃了早餐，五点就出发了。我们的路线是要翻越高山，在村里打听得知，好像是一条必经之路。我想人人都清楚这类线路，通常，它最终会把你带回到原点，否则，你宁愿如此，因为这样你总能知道自己的方位。从一开始我就有种不祥的预感，结果还没走两里路，果真我们遇上了麻烦。这条路出现三岔路口，按照一个被虫蛀的破旧路牌所示，左边的路通向一个我们前所未闻的地方——地图上都找不到，路牌上指向中间这条路的标示已经不见踪影，所以，我们一致同意，走右边的路肯定就能回到村里了。

“那位老人家明明说的，”哈里斯提醒我们，“让我们一直绕着山走。”

“哪座山？”乔治问道，这是关键问题。

我们面前有大大小小六座山。

“他告诉咱们，”哈里斯继续说，“会见到一片树林。”

“这点我不怀疑，”乔治说，“不管咱们走哪条路。”

事实上，每座山都是浓荫蔽日。

“他还说，”哈里斯低语道，“大约一个半小时咱们就能登顶。”

“就是这句话，”乔治说，“让我开始不相信他了。”

“那，咱们怎么办？”哈里斯说。

幸好我的方向感很强，这算不上什么优点，我也从不夸耀，不过是一种天生的动物本能意识。一路上这种直觉时有出现——每当面临高山，悬崖，河流等类似障碍时——这绝不是我的过错。我的直觉判断很准，是地球不靠谱。我带着他们走中间这条路，路上没有一段直路是超过四分之一英里的。我们上坡下坡骑了三英里后，突然发现前方是黄蜂窝，此路不通。这也怪不得我，如果中间这条路能一直向前延伸的话，我们就会顺利到达目的地，对此我深信不疑。

即便如此，我来灵感了，仍可继续发挥我的天赋，找到一条新路。但毕竟我不是天使——这点，我坦率地承认，我不想为这帮不懂感恩的乡巴佬再劳神费力了。何况，我想乔治和哈里斯无论如何是不肯再继续跟我走了，所以，我决定洗手不干，哈里斯自愿接替我。

“哎，”哈里斯说，“我想你对自己的所作所为满意吧？”

“相当满意，”我坐在石头堆上回答说，“到目前，大家都安然无恙。我原本还想继续带路，但是你们不给鼓励，换作艺术家也不会干的。你们因为不知此处何在，就对我不满，你们没想，说不定此处正是目的地呢。我什么也不说了，我并不期待你们谢我，你们自己走吧，我和你俩分道扬镳。”

也许我的话里带有怨气，但我是情不自禁。一路辛辛苦苦，连句好听的话都没有。

“你别误解我们，”哈里斯说，“我和乔治都觉得，没有你的帮助，我们永远也来不到这里。就冲这一点，所有功劳都归于你。可是，单凭直觉容易出错，我提议咱们还是相信科学吧，科学具有较高的准确性。现在，太阳在哪儿？”

“你不认为，”乔治说，“如果我们原路返回村里，花上一马克雇个男孩当向导，其实更省时吗？”

“那会浪费好几个小时，”哈里斯果断地说，“这事儿交给我好了，我一直在看这方面的书，很感兴趣。”他拿出表，自己开始原地转圈。

“这太简单了，”他继续说，“你把时针指向太阳，然后平分时针与十二点之间的部分，平分线指向的就是北方。”

他来来回回摆弄了一阵子，最终确定了方向。

“我找到了,”他说,“那边是北,黄蜂窝的方向。把地图给我。”

我们把地图递给他,他面朝黄蜂窝方向坐下,研究起地图来。

“从这看,托特莫斯[①],”他说,“是在南偏西南的方向。”

“从这看是什么意思?”乔治问。

“哦,就是从咱们眼下所在的方位。”哈里斯回答说。

“可咱们在哪个方位?”乔治说。

这个问题让哈里斯为难了一会,但最后他又振作起来。

“咱们在哪儿并不重要,”他说,“不管在哪儿,托特莫斯都在南偏西南的方向。快点走吧,别再浪费时间了。”

“我没太明白你是怎么辨别出方向的。”乔治一边说,一边站起来背上背包。“这倒是不重要。咱们是为健康出来的,还能一路欣赏美景!”

“肯定没事的,”哈里斯轻松、自信地说,“咱们十点前就到托特莫斯啦,别担心。等到了那儿,咱们就去吃点东西。”

他说他自己想吃牛排,外加一份煎蛋卷。乔治说,他要等看到托特莫斯后,再考虑吃什么。

我们走了半个小时,面前出现一片空地。我们看到了早上经过的村庄,就在我们脚下两英里远的地方。村里有座古雅的教堂,楼梯建在教堂墙外,这种设计并不多见。

---

① 德国巴登·符腾堡州的一个市镇。

又见教堂，令我悲伤。我们一路艰辛地走了三个半小时，却明摆着才走了四英里路，哈里斯倒是蛮开心的。

“哎，”哈里斯说，“咱们终于知道现在在哪了。”

“你说过这不重要的。”乔治提醒他。

“实际上，真是不重要，”哈里斯说，“但知道了也无妨。现在我对自己更有信心了。”

“我没看出这有什么好处。”乔治嘟囔着，但哈里斯大概没听见他说的话。

“现在，咱们，”哈里斯继续说，“在太阳的东边，托特莫斯在咱们的西南边，所以，如果——”

他突然打住了。“顺便问下，”他说，“你们还记得我说的那个平分线是指向北方还是南方？”

“你说是北。”乔治答道。

“你确定吗？”哈里斯追问。

“确定，”乔治说，“但千万别因此影响到你的测算，很可能你之前就错了。”

哈里斯想了一下，然后，松开了眉头。

“对啦，”他说，“当然，是北，肯定是北，怎么可能是南呢？咱们现在必须向西挺进，走吧。”

“我是很想朝西走的，”乔治说，“指南针指向哪，对我来说都一样。我只想说一句，此刻，咱们是向正东走的。”

“不，不是的，”哈里斯反驳说，“咱们在向西走。”

“我再说一遍，咱们在向东走。”乔治说。

“拜托，你别再说了好吧，”哈里斯说，“你把我弄晕乎了。”

“我不管，”乔治回嘴说，“宁肯那样，我也不想走冤枉路。我告诉你，我们是朝正东方向走的。”

“岂有此理！”哈里斯反驳说，“太阳在那边呢。”

“我看到了，”乔治说，“一清二楚。根据你的科学说法，也许太阳原本就在那里，也许不是。我只知道，咱们下山来到村里时，山上有一大块岩石的那座山应该在咱们的北面。眼下，咱们应该是面朝东。”

“你说得对，”哈里斯说，“我一时忘了咱们刚才转弯了。”

“我要是你的话，我会养成做笔记的习惯，”乔治发着牢骚，“因为我们在行进中，变化多端。”

我们转身朝西走去。又爬了四十分钟的坡，我们面前再次出现了一片空地，在我们脚下还是那个村庄，不过这次是在我们的南边。

“这太离奇了。”哈里斯说。

“我倒觉得没什么大不了的，”乔治说，“如果你一直绕着村子转圈走的话，你自然会不时地瞧见它。只要能见到，我就很开心，这证明咱们还没有彻底迷路。”

“它应该在咱们北面才对呀。”哈里斯说。

“那还得再走大约一个小时。”乔治说。

我一声没吭。对他俩，我是气不打一处来，不过看到乔治和哈里斯也着了急，我暗自欢喜。哈里斯居然幻想依据太阳来判断方向，真够荒唐的。

“我要是能确定，”哈里斯若有所思地说，“到底那条平分线是指向北还是南就好了。”

“我能确定，”乔治说，“这是关键点。”

“指向北是不可能的，”哈里斯说，“我来告诉你原因。”

“不劳烦你了，”乔治说，“我早就知道不可能。”

“你刚才还说指向北呢。”哈里斯责问道。

“我根本没那么说，”乔治反驳道，“我是说你说的它指向北方——这是两码事。你若认为不是北，那咱们就朝反方向走，反正是要变一下的。”

于是，哈里斯用反向推算，确定了方位，我们再次一头扎进密林里。艰难地攀登了半小时后，那个村庄又一次进入我们的视野。这次，我们爬得更高些，村庄位于我们和太阳之间。

“我觉得，”乔治站在那儿，眼望山下的村庄，说道，“从这个方向看那个村庄是最清楚的了。然后还剩下最后一个方向了。等咱们绕村一圈后，就下去到村里歇歇脚吧。”

“我想这不是同一个村子，”哈里斯说，“不可能的。”

“还是那座教堂，没错，”乔治说，“但也有可能是和布拉格那座雕像有三个复制品一样的情况。可能，当地政府仿照那村子建了几个逼真模型，安放在森林各处，以测试哪个方位视觉效果最佳。总之，咱们现在该往哪走了？”

“不知道，”哈里斯说，“我无所谓的。我已经尽力了，可你除了牢骚什么也没干，还把我搅糊涂了。”

“我也许是挑剔了点，”乔治承认说，“但你们也换位想想，你们一个说自己有直觉，最终把我带到了密林深处的黄蜂窝。”

“黄蜂要在林中筑巢，我也没办法。”我说。

“我没说你有办法，”乔治说，“我不想争辩，只是陈述客观事实而已。你们另一个又口口声声什么科学原理，结果带着我连续几个小时上山下山，而自己却南北不分，甚至连是否曾转过弯都不确定。我自己既没有超凡的直觉，也不是什么科学家。但在那边，两个农田以外的地方，我看到有个人，我去把他割的草买下来，估计一马克五十芬尼差不多。然后让他放下手里的活儿，把咱们领到能看见托特莫斯的地方。你俩愿意跟着，就一起走，不愿意的话，你们就另辟蹊径，自己看着办吧。”

乔治的计划既缺乏独到之处又显得操之过急，但此时此刻得到了我们一致同意。幸好，我们走的是离最初偏离方向很近的一条路，并在那位割草农的帮助下，我们终于踏上征途，比预期时间晚四个小时抵达托特莫斯，饿得我们闷着头狼吞虎咽地吃了整整四十五分钟才停嘴。

原本打算从托特莫斯走到莱茵河，但考虑早上多走了冤枉路，我们决定像法国人常说的那样乘坐马车优雅地逛逛。为此，我们雇了一辆精致的马车，拉车的马匹本来长得肉滚滚的，但和车夫相比，就显得瘦嶙嶙了。德国都是双骈马车，只用一匹马拉，给人一种视觉上的不平衡，但这是当地一景，造成的假象是本应双马驾车，只是眼下不知另一匹马的去向。这位马车夫的驾车水平让人不敢恭维，他入睡后进入最佳状态，因不管怎样，此时不会出事故。马一般来说很有灵性，凭借经验，它能独当一面安全行车。倘若德国人训练马能在终点收费，那马车夫就可以下岗了。乘客们也感到如释重负，因为在他清醒时，却无暇挥鞭赶马，那十有八九他是陷入了麻烦，或在忙于摆脱麻烦，而他往往更擅长自找麻烦。记得一次在黑森林，我和几位女士一起乘车下山，这是一条盘山路，山坡陡峭，路的两侧均与地面成七十五度角，近乎垂直。一路上我们颇感兴奋与惬意，看见马车夫闭目小憩，更是开心不已。不知是因噩梦还是消化不良，他突然惊醒，抓住缰绳，猛地一把将在内侧的马拉到了悬崖边上。马的身子一半悬挂崖边，仅靠挽绳拉着，但车夫看上去淡定从容，我还注意到，那两匹马似乎同样也适应了这种突发情况。我们下了车，车夫也下了车，他从座位下拿出一把大折叠刀，分明是为随时应对类似情况一直备在车上的。他熟练地割断挽绳，只见马径直向坡下滚去，直到滚了约五十英尺，跌落在路上才停了下来。它重新站立起来，在原地等着我们。我们又回到车上，由一匹马拉车继续下山，与那匹马会合。之后，车夫用几节绳子再次把马套住，我们接着上路了。令我印象深刻的是，显然车夫和那两匹马对这种下山方式早已司空见惯。

很明显，他们认为这种方式快捷、方便。若是眼下这位车夫建议我们把自己牢牢地绑在车里，然后连人带车一起滚到山底，我也不会惊讶的。

德国马车夫的另一独特之处是他从不用勒马停车，他不是通过控制马的步速而是通过操控刹车装置来调节行驶速度。对于八英里的时速，他轻拉刹车，使刹车片和车轮摩擦，持续发出像磨锯一样的声响；至于四英里的时速，他则用力扳刹车，于是，你的旅途就伴随着嘎吱和尖叫的声音，让人联想到杀猪般的叫声此起彼伏响成一片；若要停车，他只需把刹车拉到底。如果刹车好用的话，估计在不到两倍于车身长的制动距离内，马车就能停下来，除非那匹马格外的强健。德国的马车夫和马分明不知这世上还另有停车妙招。那马也是竭尽全力、马不停蹄地拉车，直累到挪不动脚了才肯停下休息，而其他国家的马却是随时听命歇脚。我知道有的马安于慢步，但这德国马似乎天生只会飞奔疾驰，且难移本性。毫不夸张地实话实说，我曾见过一位德国马车夫，情急之下为避免撞车，他急中生智用双手刹闸，而把掉在挡泥板上的缰绳冷落一边。

瓦尔茨胡特是莱茵河上游流经的一座十六世纪的古老小城，在这里，我们亲历一件欧洲大陆屡见不鲜的事：英国游客因外国人是英语盲而感到惊讶和忧伤。我们进站时，他正用略带萨默塞特郡口音的纯正英语向搬运工做解释，他告诉我们说，这已是他第十遍解释了。其实事情很简单，他买了一张去多瑙埃兴根[1]的火车票，打算去看多瑙河的源头。但事实上并不像传说的那样，多瑙河的源头不在那里。他想把自行车运到

① 地处黑森林山地边缘与瑞士的汝拉山脉之间的小镇，著名的多瑙河据说得名这个小镇。

恩根[①]，把背包运到康斯坦茨，待他抵达后去取。可解释了半天，对方仍茫然不解，他是又急又气。按年龄，那搬运工很年轻，但看上去却像个可怜的老头。我主动上前帮忙，如今想起有些后悔——尽管我不愿这么想，但我觉得那个哑口无言的搬运工后来也宁愿我没帮这个忙。他对我们说，三条路线均很麻烦，需多次转车。因为我们的车马上要开了，没时间和他们细说下去。那位英国游客还在喋喋不休地说着——有些事情往往是越解释越复杂，而搬运工只想着立马把活儿搞定，然后歇口气，放松一下。过了十分钟，我在火车上回想此事时，猛然想到我虽赞同了搬运工的主意，经伊门丁根[②]运送自行车是最佳路线，也同意了他订到伊门丁根的票，却忘了交代车子要在伊门丁根转运的事。我若是悲观者，此刻一想到那自行车至今多半仍滞留在伊门丁根，就会放心不下。但我认为，正确的心态始终是乐观看事物，或许搬运工已经办妥了在伊门丁根转运的事宜，或者自行车在那位游客结束旅程前已奇迹般地回到了他身边。还有我们运到拉多尔夫策尔[③]的背包，但我记得贴的标签上写着康斯坦茨市，这让我颇感安慰。如果当地铁路部门发现背包无人认领，一定会很快把它转送到康斯坦茨的。

但这一切与我想从事件中获取的人生哲理无关。其真相在

---

① 德国巴登-符腾堡州的一个市镇。
② 德国巴登-符腾堡州的一个镇。
③ 也称博登湖畔拉多尔夫策尔，是德国巴登-符腾堡州的一个市镇，位于博登湖北岸，离康斯坦茨市往西北 20 公里，隶属于康斯坦茨市，是唯一一个前面标了“博登湖畔”的城市。

于这位英国佬气愤地发现德国铁路搬运工竟然听不懂英语。我们跟他说话时，他气得措辞有失分寸。

“太谢谢你们了，”他说，“本来这件事很简单。我想自己乘火车去多瑙埃兴根，然后步行到盖辛根[①]，再从盖辛根乘火车去恩根，最后从恩根骑单车去康斯坦茨。但不想一路背着背包，就把它托运到康斯坦茨，我到后去取。我一直在跟这个笨蛋解释了有十分钟，但他死活听不懂。”

“是很没面子，”我表示理解，“有些德国工人除了母语什么语言也不会。”

“我一遍遍地跟他解释，”那人继续说，“拿着时间表说，又用手比划，根本就是对牛弹琴。”

“不太可能吧，”我说，“这是不言自明的事。”

哈里斯对这人挺生气，真想批他一顿。是他自己选择来国外这偏僻之地旅游的，还把行程搞得如此复杂，而他连一句德语也不会，这只能怪他自己愚笨。但我制止了哈里斯的冲动，并对他说其实这人在无意识地协助一项公益事业。

也许，莎士比亚和弥尔顿[②]为在那些碍眼的欧洲大陆人中传播英语语言付出了一点努力，牛顿和达尔文让英语成为外国文人学者和有识之士不可或缺的语言，狄更斯和奥维达[③]（你们

---

① 德国巴登-符腾堡州的一个市镇。

② 弥尔顿（John Milton，1608—1674），英国诗人、政论家，民主斗士，英国文学史上最伟大的六大诗人之一。代表作《失乐园》与荷马的《荷马史诗》、阿利盖利・但丁的《神曲》并称为西方三大诗歌。

③ 奥维达（Ouida，1839—1908），英国维多利亚时代的著名女作家，著有西方世界脍炙人口的经典故事《佛兰德斯的狗》。

这些只知道文学界有《新寒士街》[①] 的人，一定会为这位在国内备受嘲笑而在国外却享有盛誉的女士而感到震惊和悲哀）则推动了英语的进一步普及，但是这位英国佬把英语知识从圣文森特角[②] 传播到乌拉尔山脉[③]。除了母语，他不会或不愿去学任何一门外语。他手握钱夹，游遍欧洲大陆的每个角落。或许人们会为他的无知而惊讶，对他的愚钝甚为恼火，对他的霸道感到气愤，但是他在让欧洲英国化这一事实永远抹不去。因为他，瑞士农民在冬夜踏雪去参加为每个村子开办的英语培训班；因为他，马车夫、门卫、女服务员和洗衣女工坚持研读英语语法书和会话常用语手册；因为他，国外的店老板和商人不惜花费数千英镑把子女送到英国的各个城镇去读书；因为他，每一位国外的酒店老板都在招聘广告里加上一句："英语熟练者方可申请。"

如果讲英语的民族都规定用其他语言取代英语，那么英语一统天下的伟大进程就将终止。现在这位英语母语者就站在陌生人群里，把钱袋里的硬币摇得叮当响。

"这里的钱，"他喊道，"是付给所有会讲英语的人的。"

他才是伟大的教育家。理论上，我们可能会责骂他，但事实上，我们应该向他脱帽表示敬意。他是英语的传播者。

---

① 作者为英国小说家乔治·吉辛（George Robert Gissing）。寒士街，是一条 19 世纪靠近英国伦敦旧区穆菲尔兹（Moorfields）的街道，曾为穷苦潦倒文人的聚居地，现已不复存在。

② 位于葡萄牙西南部一处向大西洋突出的海岬，有"天涯海角"之称。

③ 俄罗斯境内大致南北走向的一座山脉，位于俄罗斯的中西部，是欧亚两大洲分界线。

第十二章

为之烦恼的德国人秉性——绝妙的风景，却无餐馆的踪影——欧洲大陆人对英国人的评价——他竟不知进去避雨——手拿砖头疲惫不堪的来客——对狗的伤害——不理想的居住地——盛产水果的地区——快乐的登山老人——乔治忽觉天色已晚便匆匆下山——哈里斯紧随其后为其指路——我不愿落单而紧跟哈里斯——专为外国人设计的发音。

德国人生性爱把餐馆开在每处景区的旁边，这令英国上流社会人士烦恼不已。不论在高山之巅、幽谷之底、黆鼬之径，还是在飞流直泻的瀑布旁或蜿蜒流长的清溪边，随处可见频频客满的小馆。置身酒桌间，有谁还能写景抒情，笔下生花？当烤小牛肉和菠菜的香气氤氲，谁又能沉浸在对历史烟云的遐想之中？

一天，为振奋意志，我们去登山，山林茂密，藤蔓盘绕。

“山顶上，”我们停下来喘口气，再紧紧裤腰带时，哈里斯尖刻地说，“有一家奢华的餐馆，可以尽情地享用牛排和李子馅饼，畅饮白葡萄酒。”

“你当真？”乔治问。

“当然是的，”哈里斯答道，“你知道这帮人的做法，他们见缝插针，连一片树林也不得安宁。所有的山上垃圾遍布，不留一片净土。”

“我估计，”我说，“要是我们不磨蹭的话，将近一点就到了。”

“正好赶上‘午餐’，”哈里斯咕哝着，“也许还能吃到附近捕来的小蓝鳟鱼。在德国，人们似乎全然不能抵御美食与美酒的诱惑，真受不了！”

我们继续向上爬，沿路的美景让我们忘却了不满。我估计的没错。

差一刻一点，走在前面的哈里斯说：

“我们到了，我看见峰顶了。”

“看见那家餐馆了吗？”乔治问。

“没有，”哈里斯回答说，“但应该在的，没问题，你瞧着吧。活见鬼！”

五分钟后，我们登上山顶。环视了四周，又面面相觑。

“好壮丽的景色，不是吗？”哈里斯说。

“很壮观！”我赞同地说。

“美妙无比！”乔治赞叹道。

“他们这次算是聪明了一回，”哈里斯说，“没把餐馆建在景点边上。”

“他们好像是隐蔽起来了。”乔治说。

“一定是迫于无奈，否则才没人在乎呢。”哈里斯说道。

“没错，在这地方，”我评论道，“建个餐馆没什么不对的。”

“我倒想知道他们究竟建在哪儿了。”乔治说。

“那咱们就找找？”哈里斯来劲了。

这主意不错，我自己也很好奇。我们说好分头四处去寻找，然后返回山顶，汇总情况。半小时后，我们都回来了。大家心照不宣，结果清楚地写在每个人的脸上——我们终于发现，在这大自然的深处，尚有一方净土未受饮料食品的污染。

“我怎么也不信这是真的，”哈里斯说，“你呢？”

“看来，”我回答道，“这里是全德国唯一没有饭店的景区了。”

“还是被我们三个外国人发现的，”乔治说，“没费吹灰之力。”

“那是，”我说，“好运带给了我们更加纯净、高雅的感官盛宴，不受人类那些低级本性的诱惑。眺望远处山顶上的灯光，是不是也是醉了？”

“说到自然[①]，”乔治问，“你说走哪条路下山最近呢？”

“左边那条，”我查看了旅游指南后回答说，“是去日光小道的——对了，我发现那里有家金鹰酒店，口碑很好——约两小时的路。右边那条，虽远点，但视觉更广阔，景色更优美。”

“各处的景色，”哈里斯说，“都大同小异，你说不是吗？”

“我个人的话，”乔治说，“会走左边那条路。”说着，哈里

---

① 此处为双关语。前一句 lower nature（低级本性）中的 nature 意为（人的）本性，而本句中用的 nature 意指大自然。

斯和我跟在他后面走了。

但是，我们没能按预期的时间到达山下。这一带暴风雨说来就来，我们才走了不到一刻钟，就面临一个抉择，是找个地方避雨，还是穿着湿透的衣服继续前行。我们决定选择前者，于是就挑了一棵掩护严实的树下去避雨。本来在一般情况下，这是没问题的，但黑森林的雷雨可不是一般情况。起初，我们相互安慰说，这样的大雨下不长。后来，我们尽力安慰自己，自我解嘲说，若雨下个不停，我们再湿也无所谓了。债多不愁。

“这样看来，”哈里斯说，“我倒希望这山上有个餐馆就好了。”

“饥寒交迫不好受，”乔治说，“再等五分钟，雨不停我也得走了。”

“这深山幽境，”我说，“天晴时很迷人。雨天里，尤其是已过了年龄——”

这时，忽然传来一声招呼，循声而去，约五十英尺开外处有一位身材魁梧的先生，正撑着一把大伞站在那里。

“你们不进来吗？”那位先生问道。

“进哪里去？”我反问道。我第一反应以为他是那种没事寻开心的傻瓜。

“进店里来啊。”他回答说。

我们离开树下，急忙向他奔去，想看看这究竟是怎么回事。

“我刚才从窗户喊你们，”我们走近时，那位先生说，“但我想你们怕是没听见。看样子这雨还要下一个小时，那你们就淋成落汤鸡了。”

他是位和蔼的老先生，似乎很为我们担心。

我说：“您能出来叫我们，真是太感谢了。我们没疯，若知道不出二十米远就有个饭店的话，我们也不用在树下站半小时了。这饭店被树林隐藏得太深了，我们压根没想到它竟然就在附近。”

“我想着你们可能就不知道，”老先生说，“所以就出来了。”

仿佛店里所有的人都一直在窗边看着我们，纳闷我们为何可怜巴巴地站在树下。多亏了这位慈善的老先生，不然，我想，这帮傻瓜一下午都会这样看着我们。店老板解释说他觉得我们像英国人。这话不假。欧洲大陆人深信英国人都是疯子，如同英国农夫深信法国人以食青蛙为生①一样。即使你个人努力设法去消除他们的偏见，也无济于事。

这是一家舒适的小餐馆，饭菜做得不错，但果酒只能说还过得去。我们在那儿待了两三个小时，等身上干了，填饱了肚子，又聊了会儿景色，正要离开时，突如其来的一件事让人感到太多的不幸令这世间不平静。

一位游人走了进来，脸上一副忧心忡忡的神色。他手拿一块绑着绳子的砖头，紧张不安又急匆匆地进来，谨慎地关上

---

① 此处暗示那些没文化的英国农夫认为法国人的主食就是青蛙，其实青蛙是法国的一道精致菜肴。

门，确定上好了锁，又往窗外仔细地张望了一阵，然后才松了口气，把砖头放在身边凳子上，开始点餐。

这事儿似乎有点神秘莫测，人们奇怪他拿砖头想干什么，为何关门时如此谨慎，为何又恐慌地向窗外张望，而且因其形象太凄惨，人们不敢靠近，所以，我们也就打消了前去询问的念头。随着酒足饭饱，他的心情好了起来，叹气也少了。之后，他伸展双腿，点燃一根闻之欲呕的雪茄，呼出烟雾，沉浸在满足和平静之中。

刹那间又出事了。事情来得出乎意料，令人措手不及。记得一位女服务员手拿平底锅正从厨房走过来，我见她走向大门口。紧接着，整个房间像炸了锅似的乱作一团，让人联想起滑稽闹剧中那些变换的场景，此时是飘浮的白云，悠扬的音乐，摇曳的鲜花和斜卧的仙女，彼时突然变成大呼小叫的警察，打滚哭喊的婴儿，衣着时髦的和小丑装扮的互相掐起了架①，还有香肠和哈利昆小丑②，滑梯和小丑。只见平底锅一碰触门，门忽然打开，仿佛所有的罪魔都挤在门外，正等着进来。两头猪和一只鸡率先冲了进来，懒在啤酒桶上睡大觉的猫也噌地起来瞪大了眼睛，女服务员扔了锅晕倒在地上，拿砖人腾地一下从座位上跳起来，把桌子掀翻，连同桌上的所有东西全都挡在了他面前。

人们环顾四周，寻找这场灾难的始作俑者，发现原来是一

---

① 衣着时髦者（swells）和小丑装扮者（pantaloons）均指一部闹剧中的角色。
② 传承自 19 世纪意大利喜剧中头戴面具身穿色彩斑斓菱形花纹服装的丑角。

只杂种犬，长着竖直的尖耳朵和松鼠的毛尾巴。店老板从另一扇门冲出来，欲将它踢出门外，却错踢到了那头肥猪。这一飞脚踢得稳、准、狠，如猛虎下山重重地落在它身上。人们为这可怜的畜生感到难过，并同情它，然而，任何怜悯之心都无法感受它的痛之切。它停止四处奔跑，在屋子中间坐下，为自己所遭遇的不公恳求一视同仁的太阳公公给做主。附近的山谷里回响着它的诉求，大家一定好奇山里究竟发生了什么突变。

那只母鸡也顷刻四处逃窜，咯咯咯叫个不停。这只家禽真是不可思议，它似乎轻而易举就飞上了墙，又和猫一起把几乎所有幸免落地的物品全都打翻在地。不到40秒的时间里，屋里九个人都在争相去踢同一条狗，不时地可能有人踢中，因为狗偶尔会停止汪汪吠叫，转为哀嚎。但它并未因此而气馁，它义正辞严地争辩说天下没有免费的午餐，包括偷鸡猎猪之类。总之，这场游戏还挺划算。

此外，它还得意地发现，自己每挨一脚，屋里大多同伴就会挨两脚，还有那倒霉蛋——一动不动，呆坐在屋中间哀叹的猪——肯定平均要挨上四脚。争相踢狗的人们，如同是在踢足球：球是滚动的，你去踢时，它已不在原处，而由于惯性，你拼力飞起的脚，不能中途停止，必须落到实处，才不至于让自己扑通一声摔个仰面朝天。即使有人踢中了，也纯属意外，而且，在不经意间踢中的同时，自己不禁会绊倒在狗身上。所以，每个人每隔半分钟就绊倒一次，那头可怜的猪全然丧失了招架避让之力。

说不清这场混战持续了多久，终因乔治正确的决策而停止。他一直在设法抓住另一头逍遥自由的猪，而不是狗。把它堵在墙角后，成功劝说它停止在屋里转圈地乱跑，而是出去兜兜风，于是，它长嚎一声，冲出门外。

我们总是失去后才知珍贵。此时在狗的眼里，与那消失的猎物相比，一头猪，一只鸡，九个人和一只猫，全都一文不值。它愚蠢地紧随其后冲了出去，乔治立刻关上大门，插好门闩。

这时老板站了起来，查看着所有打翻在地的东西。

“您的狗很顽皮。”他对手拿砖头进来的那个人说。

“那不是我的狗。”那人绷着脸解释说。

“那是谁的？”老板问。

“我不知道。”这人回答说。

“这样不行的，你知道吧。”老板边说，边捡起一幅德国皇帝的画像，用袖子擦去上面的啤酒。

“我知道不行，”这人回答说，“我从没想过行。我一遍遍向人解释那不是我的狗，但没人相信，真是够了。”

“不是你的狗，你为何要带着它到处跑？”老板问，“它好在哪？”

“我没有带着它到处跑，”这人解释说，“是它老跟着我。今早十点开始它就缠上我，一直跟着。十多分钟前趁它只顾撕咬一只鸭子时，我赶紧跑进来，还以为把它甩掉了呢。看来回去的路上它不会放过我的。”

“你没朝它扔石头？”哈里斯问。

“我没朝它扔石头！”这人轻蔑地重复说，“我不停地扔石头，扔得胳膊都酸痛了，而它却当成是玩游戏，还把石头都给我送回来。这块讨厌的砖头我已经拿了一个多小时了，想找机会灭了它，可它总是和我保持距离，我逮不住它，它就坐在六英寸远的地方，张着嘴巴看着我。”

“很久没听到这么有意思的故事了。”老板说。

“能让人开心，我很高兴。”这人说。

然后，他留下来帮老板收拾残局，我们继续上路。在门外十几码远处，那只忠诚的动物在等待它的朋友，虽看着疲惫，但十分满足。它明显有点古怪和神经质。我们生怕会被它喜欢上，还好，它漠视我们从身边走过，唯有对这位待它薄情的人耿耿忠心，着实令人感动，我们也不想去动摇它的忠心了。

在圆满结束了黑森林之旅后，我们继续骑行，途径布赖萨赫①和科尔马，抵达曼斯泰。从那里，我们开始了孚日山脉的短途游，去探索现任德国皇帝所描述的世外桃源。布赖萨赫曾是岩石上的城堡要塞，莱茵河一度绕古城的一侧流过，如今又流经另外一侧，因为还是毛头小伙子时，莱茵河似乎不能确定自己所走的道路。作为居住地，布赖萨赫一定在喜欢寻求刺激和变化的人群中独具魅力。不论战争双方及起因如何变化，布赖萨赫必定卷入其中。人人都来包围它，多数人占领它，又遭

---

① 位于莱茵河上游，与法国隔莱茵河相望，是一座历史悠久的古城。

沦陷，仿佛没人能够坚守住。那里的居民永远搞不清自己的国籍和身份。某一天他成了法国人，在他尚未学会法语去报税时，他又成了奥地利人，正当他努力向你学习，争当奥地利好公民时，却发现自己已经不再是奥地利人，而成了德国人，尽管形形色色的德国人一定对他迟疑不定。某一天他发现自己信奉天主教，紧接着又成了激进的新教徒。唯有一成不变的是，不论他此刻享有何种身份，都必须为此支付高额的费用。当人们思考这一切时，不禁纳闷儿，在中世纪，除了国王和税收员外，为何人们要如此艰难地生存下去。

论资源的丰富和风光的秀美，孚日山脉和黑森林的山脉不可同日而语，但正是这极度贫乏吸引了游人的眼球。这里的农民没有莱茵河对岸居民那种安富尊荣的平庸神态，这里的村庄和农田更有一种落日的韵致。该地区的另一特色是众多的历史遗迹，许多城堡坐落于在你看来只有雄鹰才会筑巢的悬崖峭壁之上，还有一些由古罗马人建造、毁于吟游诗人[①]时代的古建筑，这些迷宫般的断壁残垣占地数英亩，游人可在此游览漫步几个小时。

这里见不到蔬菜和水果商，想吃就自己采摘，大多是野生的。来此地旅游很难遵守行程，因热天里人们无法抵制果肥汁甜的诱惑，一般都忍不住驻足、采摘、品尝。这里野果满山坡，就像英国的路边长满了黑莓，有我吃过最好吃的木莓，还

---

① 游吟诗人，因 11 至 13 世纪法国的巡回表演者而得名。

有野草莓、加仑子和醋栗。这里不提倡小孩子闯进果园偷摘果子吃，算不上有罪，但他会生病的。山中果园随处可见，擅自闯入去偷吃水果就和鱼想免票进入游泳池一样的不明智。当然，尽管如此，这种错事时有发生。

一天下午，爬山时来到一片高地，我们在那里逗留了很久，水果也吃得过量，因实在太丰盛，种类太多了。我们先吃了些晚熟的草莓，又吃木莓，然后，哈里斯发现了一棵青梅树，上面已结了些青梅，太棒了！

“这是一路上我们经历的最开心的事，”乔治说，“可要玩个痛快啊。”表面听来这个建议不错。

“真遗憾，”哈里斯说，“梨还没熟。”

他为此郁闷了一会儿。后来我们发现一些成熟的金梅，令他略感安慰。

“我看，咱们走得太往北了点，没有菠萝了，”乔治说，“我想吃新鲜菠萝，这些常吃的水果一会儿就吃腻了。”

“我发现咱们不该吃那么多丛生果，树上的倒没怎么吃，”哈里斯说，“我想再吃些青梅。”

“有人上山来了，”我看到后说，“看着像是当地人，他该知道哪里青梅多。”

“这老伙计走得挺带劲。”哈里斯评论道。

他上山的速度确实惊人，而且我们从远处看得出，他心情大好，扯开嗓门又唱又喊的，还一边挥着手臂。

“好一个快乐的老头儿！”哈里斯说，“看着他，心情都好。

可他为何要把拐杖扛肩上？为何不拄着上山呢？”

“你确定？我觉得那不是拐杖。”乔治说。

“那能是什么？”哈里斯问。

“呃，我看，”乔治说，“更像支枪。”

“你说咱们是不是做错什么了？”哈里斯提出。

“你看这会不会是人家的私人果园？”

我说：“你们还记得大约两年前发生在法国南部的惨案吗？一个士兵经过一家房屋时顺手摘了几个樱桃吃，结果樱桃的主人，那法国农夫出来了，一句话没说，直接开枪把他打死了。”

“但肯定不能因为人家摘了水果就开枪打死人，这在法国也是禁止的吧？”乔治说。

“当然是的，”我答道，“绝对是违法的。他的法律顾问辩护时只说他当时情绪异常激动，特别担心他那些樱桃。”

“我想起来点了，”哈里斯说，“你既然说到这儿。后来，发生这悲剧的地区——好像叫‘公社’——向那位死者的亲属支付了高额赔偿金，才算是摆平了。”

乔治说：“我不想再待在这儿了，再说，天也晚了。”

哈里斯说：“他走那么快，会摔伤自己的。而且，我看他并不知道路。”

我感到自己一个人在那儿很孤独，连个说话的人都没有。记得小时候，我很喜欢跑下陡峭的山坡。我要试试看能否找回当年的感觉。这属于急跳运动，但应该说对肝脏有益。

那晚我们住在巴尔，是去圣·奥蒂林伯格路上的一个欢乐的小镇。圣·奥蒂林伯格是一座独特的旧修道院，位于群山环抱之中，那里的服务员都是修女，牧师管账。在巴尔时，晚饭前进来一位游客。他看上去像是英国人，但说着一种我从未听过的语言，倒是听起来很优美、好听。老板茫然地盯着他，老板娘直摇头。这位客人叹了口气，试着换了一种语言，这下似乎有点唤起我的记忆，虽然当时我说不上是哪国语言，但大家依然听不懂。

“真糟糕。”他大声自语道。

“啊，你是英国人！”老板大声说，一下子兴奋起来。

“先生看着累了。”聪明的小老板娘补充道。

“先生要点餐。”

他俩的英语都讲得很漂亮，几乎跟他们的法语和德语讲的一样好。他们忙活了一阵，让他感觉很舒服。吃饭时，他坐在我旁边，我顺势和他聊了起来。

“你说，”我出于好奇地问道，“你刚进来时说的哪国语言？”

“德语。”他解释说。

“哦，”我答道，“你说什么？”

“你没听懂？”他继续说。

“是我的问题。”我说，“本人才疏学浅，现学现用。不过，当然，这是两回事。”

“可他们都听不懂，”他回答说，“老板和老板娘，这可是他们的语言。”

“我想不是这样的，”我说，“没错，这里的孩子们都讲德语，老板和老板娘也会一点德语，但整个阿尔萨斯大区和洛林地区的老人们还是说法语。”

“我也和他们讲法语了，”他又说，“他们同样听不懂。”

“确实很奇怪。”我表示同意。

“何止是奇怪，”他说，“简直莫名其妙。我有现代语言的学位证书，曾以法语和德语的优异成绩获得过奖学金。在校时，我的语言结构准确，发音纯正，都是超群出众的。可来到国外，几乎没人能听懂我说的话。你说这是为什么?”

“我想是因为，”我回答说，“你的发音太完美了。你记得那个苏格兰人在平生第一次品尝纯正的威士忌时说的话吧：‘酒也许是纯的，但我不能喝。’同样，人们会认为你说的德语不是一种语言，更像是一种摆设。若要让我说的话，我会建议你尽量多发错几个音，多犯些语言错误。”

此类情况寰宇皆同。每个国家都专为外国人使用其语言而保留特殊的发音体系，本国人自己却从不这么说，所以，当他们听别人说时，就听不懂了。我曾经听到一位英国女士向法国人讲解‘有’这个单词的发音。

“你发的，”这位女士纠正道，“好像这个词的拼写是H-a-v。不对，词尾还有个字母‘e’呢。”

“但我认为，”这个学生说，“词尾这个e您并没有发出声来。”

“你也不用发声，”老师解释道，“这个‘e’是不发音的，但它会影响到前面元音的发音。”

在此之前，他说have很流利，自那以后，一遇到这个词，他就卡壳，需要先定神想想，然后发出的音只有通过上下文才能听懂。

早先殉道者们所受的磨难撇开不谈，我想，没有几个人像我一样那么苦练德语单词“教堂”的标准发音。在我尚未练成之前，早已决定在德国不去做礼拜，免得为此烦恼。

“不对，不对，”我的老师总是解释说——他是一位严谨勤奋的绅士，“你发的像是K-i-r-c-h-k-e，没有k这个音，应该是——”接着他又给我示范一次，这是那天早上他第二十次给我示范这个词的正确发音，但郁闷的是我怎么也没弄明白他和我的发音究竟有何不同。于是，他又试着用另一种新方法。

“你是从喉咙发出的音。”他解释说。他说的没错，确实如此。“我要你从下面这里发音。”他用粗壮的食指给我指出正确的发音部位。虽经一番刻苦练习，我还是发不对这个词，只好为自己解脱说，

“恐怕我真的学不会了，”我说，“你看，这些年来我都是用嘴说话，从不知道人还能用腹部说话，我怀疑现在的自己能否活到老学到老。”

我在漆黑的角落里和寂静的街道上练习了数小时，期间还惊吓了偶遇的行人，最后终于掌握了这个词的正确发音。老师为我感到高兴，我也为自己而高兴。可来到德国之后，却发现没人听得懂，问路去教堂，连教堂的影子也没见到。我不得不

放弃这个纯正的发音，再次苦练，重拾自己起初那个错误的发音，然而，人们都能懂，告诉我教堂在街角处，沿着下一条街就走到了，还真就是。

我认为，还是跟着老师在课堂上学习语音的效果更好，那些发音技巧学生不可能无师自通，也往往用不上。如下是语音课的讲授方式：

“把扁桃体紧贴喉头下面，然后，隔膜凸起的部位向上拱起，几乎——但没有——触及小舌，尽量用舌尖伸向甲状腺，深吸一口气，紧缩声门。好，你们双唇闭合，说‘Garoo’。”

他们听后依旧是茫然，不知所措。

第十三章

深度观察德国学生的性格与行为——德式击剑[①]——实用与滥用——印象派观点——滑稽事——野蛮格斗秘籍——少女对绷带情有独钟——大学生酒会——火蜥蜴式干杯[②]——给陌生人的忠告——险成悲剧——关于两个男人和两位夫人——和光棍的趣事。

在回家的路上，我们顺路参观了一个德国大学城，想深入了解大学生活，德国朋友们出于礼节，满足了我们的好奇心。

在英国，十五岁以下的孩子多在玩耍，之后才开始学习，直到二十岁。而在德国，情况恰恰相反。孩子们夏季早晨七点就去上学，冬季则是八点。在学校里，他们勤奋学习，故而十六岁就已精通古典著作和数学，对历史的了解毫不逊色于那些自以为是的政客，并在现代语言方面功底扎实。自然，大学四年八个学期的时光对他们来说就显得太过优哉游哉了，除非有人立志当教授。很遗憾，他们不想成为运动员，虽然具备了

① 旧时在德国、奥地利和瑞士等国大学生团体进行的用剑或军刀的决斗。

② 火蜥蜴，其名字来源于一个关于两栖动物的古老传说。据说，它们经常待在洞穴、裂缝、以及树干中，当樵夫砍下这些树木用来生火时，火蜥蜴从中跑出，惊慌而逃，因此得名火蜥蜴，而且火蜥蜴的外表也很像被火苗灼烧后的样子。19 世纪 20 年代的普鲁士独立和革命期间，在布雷斯劳和哈雷的大学生群体中出现一种祝酒游戏，学生拿着点燃的白兰地干杯，象征火蜥蜴浴火重生的精神，后来演变为用更加普遍的啤酒代替白兰地。

运动员的潜质。他们偶尔踢足球，更不常骑单车，而是多待在空气沉浊的咖啡馆里打法式台球[①]。通常，他们大多时间都花在闲逛、喝啤酒和决斗上，富二代加入学生联谊会——特等联谊会的会费一年约四百英镑，中产家庭子弟加入会费稍低点的学生社团或同乡会。这些团体中不同国籍或民族的学生又各自组成更小的圈子，有来自斯瓦比亚[②]的斯瓦比亚人、法兰克的后裔法兰克尼亚[③]人，和图林根[④]人等等。自然，这势必导致——我想我们戈登高地人团[⑤]一半的学生都是伦敦人——每所大学都会有几十个学生社团，每个团体均有自己独具特色的帽子和代表颜色，成为校园里一道亮丽的风景。此外还有团体专属的啤酒馆，穿不同颜色服装者被谢绝入内。

社团里从事的主要活动是著名的德式击剑，有时也同其他联谊会或社团对手进行比赛。

击剑的详尽介绍常见，在此我无须赘述，仅从印象派的角度来描写一下我的第一印象。比起熟视无睹或人云亦云，我认为先入之见更具真实和实用性。

法国人或西班牙人会设法说服你，建斗牛场主要是为了公

---

① 起源于法国，也称为卡罗姆台球，其含义是连续撞击两个球，即用主球连续触及两个球，这是法式台球最基本的要求。与英式台球、美式台球球台的最主要区别是没有网袋。

② 德国西南部的一个前公爵领地。

③ 德国的一个地区，范围包括现在德国巴伐利亚州和巴登-符滕堡州东北部的上弗兰肯、中弗兰肯和下弗兰肯三个行政区。以 8 世纪中期征服西欧的法兰克人命名。

④ 德国的一个联邦州，取名于公元 3 世纪在此定居的图林根人，因其绿色植被覆盖良好，加之位于德国中部，被称作“德国的绿色心脏”。

⑤ 历史上赫赫有名的英国陆军步兵团，组建于苏格兰东北部的阿伯丁郡。1794 年，为应对英法两国之间越来越紧张的局面，贵族戈登公爵筹建了此步兵团。此处指的是一个学生社团。

牛的利益。你以为牛是因疼痛而嘶叫，实则只是笑话自己在场内的滑稽表现而已。你的法国或西班牙朋友会拿它在扣人心弦的比赛中光荣地战死沙场和死于屠宰场那冷血残忍的屠刀下相比。你若不坚持己见，就会心血来潮也希望在英国建个斗牛场，以重振骑士精神。难怪托克马达①对宗教法庭②的人道深信不疑。如果把一个可能正在遭受痉挛或风湿病痛折磨的胖绅士绑在肢刑架上约一小时，他的身体则会大有改善。当他再站起来时，关节活动得更灵活自如——可以说，多年来从未这么活泛过。英国猎人视狐狸为羡慕嫉妒的对象，它在免费获得精彩狩猎一天的同时，还吸引众人的眼球。

务实让人们对一切不愿看到的东西漠然置之。在德国大街上，每三个男人中就有一人身带剑伤，那是学生时代参加近百场击剑比赛留下的见证，将终生携带。他们从幼儿园就开始玩击剑，在习武厅练习。他们认同击剑并非野蛮的观点——既不会冒犯他人，也不会有失身份，而是磨练了德国年轻人冷静和勇敢的特质。倘若要在这样一个全民皆兵的国家证明此观点的话，只能充分证明它的片面性。但是有人怀疑，职业击剑手的品质是否等同于士兵的品质？毫无疑问，在战场上，士兵们更需要勇气和锐气，而非莫名的冷淡。事实上，德国学生并非为

① 全名托马斯·德·托克马达（Tomás de Torquemada，1420—1498），西班牙教士，宗教迫害狂，有犹太血统的宗教法庭大检察官，曾任西班牙天主教女王伊莎贝尔的私人忏悔师，推动建立并主持臭名昭著的宗教法庭。据推测，在他任内，圣公所烧死 1 万多人，超过 2 万人被判刑。不过，当代许多历史学家认为，这一数字是抹黑西班牙而夸大其辞的结果。

② 中世纪时由教皇设立的司法机构，目的在于确定并审判那些被认为犯有异端罪行的人。

武力而更需勇气，也非为悦己而习武，他们为的是发扬具有两百年历史的尚武精神。

击剑使人变得残酷，或许有技术含量——我听说有——但不显见，它与理查森秀[①]上演的大刀搏斗相差无几，完美地融合了滑稽与低俗。在追求格调的望族领地波恩[②]，和外国游客如云的海德堡[③]，比赛更规范化。我听说比赛大厅是金碧辉煌，有花白头发的赛场医生救死扶伤，有身穿制服的忠诚仆人端茶递水，还有多彩的仪式伴随比赛全程。而在一些更加本土化的大学里，外来学生稀少，多不参与，人们所看到的比赛本色质朴，场面平淡无奇。

这些比赛确实索然寡味，我强烈建议敏感的读者们甚至跳过此段描写。该话题无法美饰，我也无此打算。

赛场室内空荡肮脏，四壁溅满了啤酒、鲜血和蜡油的污渍，屋顶上烟雾缭绕，地板上铺满锯末。一群学生嘻嘻哈哈，抽着烟，聊着天，有的席地而坐，有的坐在椅子和长凳上。赛场情况大致如此。

格斗者面对面站在场地中间，酷似我们在日式茶碟上见过的日本武士。他们形象古怪呆板，头戴护目镜，颈部裹着厚厚的

---

① 或称理查森剧场，是约翰·理查森在1798年创建的移动露天演出戏团，19世纪初在伦敦和周边地区巡回演出。

② 前西德首都，至今仍是德国重要的政治中心和最古老的城市之一，拥有2000年历史，是作曲家贝多芬的出生地。

③ 位于斯图加特和法兰克福之间，是德国巴登-符腾堡州的城市，德国著名旅游文化之都，拥有欧洲最古老的教育机构之一——海德堡大学，曾在此学习和工作的著名思想家有黑格尔、诠释学哲学家伽达默尔和社会学家哈贝马斯等。

防护，身上套着看似脏棉被的服装，戴有护垫的手臂伸直举过头顶，仿佛一对笨拙的机械机器人。他们由助手们领进比赛位置，这些助手也穿戴了护具——一顶大大的皮质尖角帽保护头和脸部的安全。人们像是听到了脚轮发出的响声，那是裁判员就位发出的指令，即刻便开始五次长剑的快速交锋。这种比赛毫无欣赏可言：没有步法移动，没有战术技巧，没有优雅艺术（我个人印象）。最终是强者胜出，虽手臂戴有沉重的护具，站姿造作，但他却能一直手握笨重的长剑，在攻守时体力丝毫不减。

比赛的看点是伤者，他们多在头顶或左脸这两处受伤，有时一块带有毛发的头皮或脸皮直接被削掉。这时，皮肤的主人，严格地说是前主人，颇感骄傲且小心翼翼地将其存入信封，并在晚宴上拿出来炫耀。当然，每一道剑伤都是鲜血四溅，溅到医生、助手和观众的身上，喷到屋顶和墙壁上，浸透格斗者的衣服，滴在锯末上凝成一滩。在每个回合结束之际，医生立刻冲进赛场，用那尚在滴血的手按压裂开的伤口，并用随从端在托盘上的湿棉球擦拭消毒。当伤员重新站起来继续拼杀时，伤口再次血如泉涌，模糊了他们的视线，脚下也开始打滑。你不时地看见，有的半边脸被削个洞，以至于牙齿裸露到耳根，所以在接下来的决斗中，他似乎在对着面朝这一半的观众龇牙笑，而对另一半则始终保持一张严肃脸。有时，格斗者的鼻子被刺裂，显露出一种高傲的神气。

既然学生立志要身带剑伤离开母校，且越多越好，那我怀疑他们是否施了苦肉计，哪怕是比赛规则规定的范围内些微的防守疏忽。最终的胜者属于受伤数量最多的人。虽身缠绷带，失去人形，但一个月过后，他走在大街上，收获无数德国少年的嫉妒和少女的倾慕，而那些只受了几处轻伤的人只能郁闷和失望地隐退而去。

然而，拼杀仅仅是开场，有趣的还在后面。在更衣室上演的第二幕里，医生大多是医科学生，那些获得学位后，急需实习的年轻人。我不得不说，我所接触的医生们貌相平平，却对工作充满热情。这一现状也许怪不得他们，要怪只能怪体制，不能吸引理想的医生来做此工作。对伤口的处理与受伤本身同等重要，每一场手术都只能残忍地进行，整个过程均有医生的同伴在仔细观看他平静而享受地实施手术。伤口整齐又开裂较大的剑伤颇受众者青睐，医生有意缝得粗陋，以期留下永久疤痕。这种随后经人为粗笨地处理过的剑伤，通常能使这位幸运的勇士喜获一个带着至少五位数嫁妆的新娘。

这些两周举办一次的德式击剑赛，学生平均每年参加十几次，另有一些比赛是不允许观看的。若有学生因在决斗中不自主地轻微移动了头部和身体而颜面丢尽，他只有去挑战联谊会里最优秀的击剑手才能重塑形象。他主动请战并得到批准，实则为惩罚，那么他的对手就会尽可能多地给他留下鲜血淋漓的剑伤，他以此向大家证明，哪怕头颅切掉一半，他依旧静立不动。

我怀疑这种击剑比赛有何可圈可点之处，即便有，也只涉及两位格斗者，相信对观众会产生恶劣的影响，事实也的确如此。我十分清楚自己，绝对没有暴力倾向，所以对此反应一般。赛前，我的心态是好奇加悬念，虽对解剖和手术略知一二，已有心理准备，不至于那么惊眩，但还是急于知道自己是否对血腥场面会有不适感。当看到他们拼杀得血流不止，皮开肉绽，筋骨外露时，我感到一阵厌恶和怜悯。但在第二场决斗时，我必须承认，我的爱心已开始被磨灭。到第三场时，在满屋子罕见的血腥热气熏染下，用美国习语来形容，我开始杀红眼了①。

我希望看到更加刺激的场面，我观察了周围每个人的表情，发现大部分都和我有同感。如果需要一种东西能有效激发现代人的嗜血欲望，当属德式击剑。但这是好现象吗？我们大谈文明和人道，可是，虚伪到自欺欺人的人们哪里知道，人身上的野蛮本性潜藏其内，尚未转化为恶行，也许偶尔显露，我们无需担心它的消失，但是过度引导并不可取。

认真地想来，决斗有许多好处值得称赞，但德式击剑没有任何意义，显得孩子气。虽说比赛残酷、野蛮，但依旧改变不了它幼稚的性质。剑伤本身没有任何内在价值，不是伤口的大小赋予它们威严，而是受伤的原因。威廉·退尔②算得上是一位世界英雄，但我们如何去评价那些为了每周两次用十字弓射击儿子头顶的苹果而成立俱乐部的父亲呢？这些年轻的德国绅

① 原文为 see things red，早期美国习语，意为失去控制，发怒。

② 传说中，13 世纪反奥地利统治，争取独立的瑞士民族英雄，被迫用箭射落置于其子头顶的苹果，结果成功，儿子安然无恙。外国艺术家们根据此故事创作出不少文学艺术作品，德国伟大的诗人和戏剧作家席勒的最后一部重要剧作便是《威廉·退尔》。

士可以去逗一只野猫，也同样能取得令其引以为豪的成就！只为受伤而参加社团，无疑把自己的智商降低到一个托钵僧舞者①的水准。有游客给我们讲过，中非土著人在喜庆佳节里以蹦跳和鞭打自己的野蛮方式来表达感情，但欧洲人并没有必要去模仿他们。其实，德式击剑与决斗可谓是南辕北辙，如果德国人自己看不出其中的滑稽所在，我们只能为其幽默感缺失而遗憾了。

但国民对本国击剑很支持和推崇，有人即使不赞同，至少不难理解。一项关于不提倡但却宽恕醉酒行为的大学校规更是让人难以辩驳。并非所有的德国学生都醉酒。实际上，多数人即便倦态十足，但仍头脑清醒。但有少数声称是斗酒学士并得到广泛认可的学生，他们付出代价、日夜狂饮练得的一身酒力，也仅能免其酩酊大醉，不失知觉而已。不是所有的学生都这样喝酒买醉，但在大学城里经常见到年轻人不满二十岁却已拥有福斯塔夫②的身材和鲁本斯·巴克斯③的面色，而德国少女迷恋那张看似用特殊材料塑造而成的沟壑纵横、永远无法填平的脸蛋竟会是确凿的事实。当然，浮肿且有斑点的皮肤和“啤酒肚”肯定是没有回头率的，那外凸的大肚腩仿佛随时会引发整个身躯失衡。可是，当看到年轻人从早上十点的“上午

① 托钵僧舞本是伊斯兰教毛拉维教派的男信徒们每周五晚在礼拜式上跳的圆舞，基本动作很简单，就是无休止地旋转，但每次旋转的时间却长达 30 到 60 分钟，令人瞠目。

② 莎士比亚历史剧《亨利四世》中的人物，身躯肥胖、贪恋酒色。

③ 罗马神话中的酒神和植物神。许多著名画家如安尼巴莱·卡拉齐、米开朗基罗和提香等都画过以巴克斯为主题的画，其中以米开朗基罗的醉酒神雕塑最为奇异。

酒[1]”开始喝啤酒，直喝到次日凌晨四点的“大学生酒会”才结束，还有什么可指望的呢？

大学生酒会，我们也叫男子交际会。从参加者来看，此聚会有利无弊，或许有些喧闹粗野。主人邀请十几或上百位同学来咖啡馆，为其提供啤酒和廉价雪茄，大家舒服畅快地尽情享用，也许主办方就是联谊会自身。在这里，如同在任何一方，你见证了德国人的纪律和秩序意识。当有人进门时，全体起立，立正敬礼。若一桌人到齐后，先选出本桌主席，再由他公布歌曲数目。这些歌曲页分放在桌面上，每两人一份。他宣布第二十九首，并大声说道“第一段”，接着大家同声齐唱。相邻二人同拿一份歌谱，仿佛是教堂里两人合捧一本《圣歌集》一样。每唱完一段，大家会停一下，等待主席发布指令开始下一段。因德国人都接受过唱歌专业训练，且多数人嗓音优美，总体效果固然精彩。

听他们唱歌感觉如同是在教堂听圣歌，但歌词在不时地帮你纠正错觉。无论是爱国歌曲、伤感民谣或震撼英国年轻人的自然小调，他们都唱得严肃认真，从头至尾没人嬉笑、没人跑调。唱毕，主席高喊“为成功干杯！”全体重复着“为成功干杯！”随即举杯饮尽杯中酒。钢琴师起身鞠躬，大家也鞠躬回礼，紧接着，女服务员进来再次斟满酒杯。

在唱歌的间隙，大家相互敬酒和回敬，却很少听到欢笑

---

① 一种德国和奥地利传统的早午餐（不一定吃饭），上午时结伴在酒馆或客栈一起饮酒（通常在周日）。

声，学生们常以微笑和庄重的点头表赞同。

有一种对特殊客人的特别敬酒方式叫火蜥蜴，表情格外严肃。

“现在，我们，”主席说，“来一个火蜥蜴式干杯。”大家全体起立，像军人集合那样站着。

“酒备好了吗？”主席问道。

“备好了。”大家异口同声地回答。

“火蜥蜴式干杯准备开始。”主席说，于是大家做好准备。

“一！”我们在酒桌上以画圈的方式摩擦杯子①。

“二！”摩擦声再次响起。接着是“三！”

“干杯！”

大家共同一饮而尽，并高举手中的空杯。

“一！”主席再次说道，所有空杯的杯脚在桌上旋转摩擦起来，发出像是石滩上退潮的海浪声。

“二！”又闻海浪起伏声。

“三！”随着咣的一声，杯子重重地落在桌上，大家重新就坐。

大学生酒会上的活动是两个学生相互侮辱（当然，只是开玩笑而已），然后开始拼酒。先指定一名裁判，再将两只大杯倒满啤酒，两人手握杯把相对而坐，这时，所有人的目光聚焦于他们。随着裁判一声号令，啤酒瞬间下肚，先将喝干的酒杯

---

① 火蜥蜴式干杯的方式：所有人在桌子上摩擦酒杯，共摩擦三次，口号是“一！二！三！”然后大家一起干杯，之后在桌子上再摩擦三次杯子，最后把酒杯重重放在桌上。

砰地放在桌上的一方为赢家。

外来者若想参加此酒会，体验德式风情，需事先把写有自己名字与地址的卡片别在外衣上。德国学生一向讲礼数，不管自己喝成什么样，也会想方设法确保客人在天亮前平安到家。当然，别指望他能记清地址。

我听说过三个外地人参加柏林大学生酒会险些酿成悲剧的事。这三人决定来一次深度体验。他们讲明了意图，并受到热烈欢迎。随后，他们各自在卡片上写下自己的地址，并把卡片别在面前的桌布上。错就错在这里了。他们本应按照我的建议把卡片仔细地别在外衣上，因不一定总坐在自己的座位上，有可能不经意间坐到桌子的另一边去，但不管坐在哪里，外衣会随身穿着。

凌晨时分，为了让那些尚未喝高的人玩得更舒心，主席提出先把喝趴下的人送回家，其中这三个英国人感到活动有些无聊，就决定把他们弄上出租马车，由一个相对清醒的学生负责送其回去。如果他们整晚一直待在原位也就没事了，但不幸的是，他们四处走动过，没人知道哪张卡片属于哪位绅士——他们自己更是糊涂。在当时一片热闹的气氛中，没人觉得有何问题，三个人正好三个地址，一个不少。我想大家认为即使搞错了，天亮后也能解决好。总之，三个人被送上了出租车，和那个手拿三张卡片头脑尚清醒的学生一起在大家的道别与祝愿声中离开了。

喝德国啤酒就有这点好处：它不会让人醉到英国人所理

解的醉酒那个程度，喝多了也不惹人烦，只是累了不想说话而已，他想一个人静静，想睡觉，在哪儿睡不重要——哪儿都行。

那学生让车夫在最近的地址停下，把醉得最厉害的一位弄下车，出于本能想先把他摆脱掉。他和车夫把那人抬上楼，按了旅店的门铃，一位睡眼惺忪的门房给开了门。他们把他抬进去，打算找个地方放下，碰巧一间卧室的门开着，屋里没人，还能有比这更好的事吗？——他们就把他抬了进去。事情办得如此顺利让他俩松了一口气。把他放在床上后，两人得意地回到车上。

在下一个地址他们又停下车，这次按了门铃后，是一位女士开的门。她身穿家居服，手拿一本书。学生手里还剩两张卡片，他看了看上面那张，礼貌地问能否见 Y 夫人。碰巧，这位女士就是 Y 夫人。说到幸运，这一路他还真是顺风顺水。他向 Y 夫人解释说此刻靠墙睡着的那位先生是她丈夫，但她却对丈夫回家反应冷漠，她只是把卧室门打开，之后就走了。这学生和车夫把她丈夫抬进屋，放在床上。他们没有折腾着给他脱衣服，因为确实乏了！他们也没再见到女主人，也就只好不辞而别了。

最后一张卡片是一个单身汉的，他住旅馆，所以，他们把最后这个人抬进了那家旅馆，交给了值夜班的门卫之后就离开了。

话说在他们第一站送人的地方，约八小时前，X 先生曾对

X 夫人说："亲爱的，我想我告诉过你，有人邀请我今晚去参加一个叫大学生酒会的，对吗？"

"你的确提到过，"X 夫人说，"大学生酒会是什么？"

"嗯，就是一种单身派对，亲爱的。学生们欢聚一堂，唱歌、聊天还——抽烟，就是那些事儿，你懂的。"

"噢，好吧，祝你玩得开心！"X 夫人说，她是个通情达理的好女人。

"会很好玩的，"X 先生说，"我一直想着见识一下这种聚会呢，我可能，"X 先生继续说，"我是说，我有可能会晚点儿回来。"

"你说的晚是多晚？"X 夫人问。

"难说，"X 先生回答道，"你知道这些学生，他们聚在一起会疯狂地玩——我想，肯定会喝很多酒。我不知道我会怎样。如果可以的话，我会早点回来的，当然是在不扫人家兴的情况下，但如果不行——"

我前面说过，X 夫人通情达理，她说："你最好向谁借把钥匙来，我去跟多莉一起睡，这样的话，不管你几时回来都不会吵我。"

"你这个主意真不错，"X 先生赞同地说，"我不会吵你的，我会悄悄地进来钻进被窝的。"

深夜时分，或许是黎明时分，X 夫人的妹妹多莉坐起身来，好像听到了什么动静。

"珍妮，"多莉说，"你没睡吗？"

“是的，亲爱的，”X夫人回答说，“没事儿，你接着睡吧。”

“是什么声音？”多莉问，“你说是不是着火了？”

“我想，”X夫人说，“是珀西吧，很可能他黑灯瞎火的绊到了什么。别担心，亲爱的，你睡吧。”

等多莉一睡着，X夫人这个好妻子，不放心地想要悄悄溜过去看看珀西是否安然无恙。于是，她穿上睡衣和拖鞋，蹑手蹑脚地穿过走廊回到她的房间。此时，恐怕只有地震才能吵醒床上的那位先生。她点上蜡烛，悄悄走近床边。

这不是珀西，绝对不是。无论如何，他都不可能是她丈夫。看他此时的睡相令她反感至极，唯一的念头就是把他赶出去。

但她又似乎觉得此人眼熟，就走上前去仔细端详。这下她记起来了，没错是Y先生，她和珀西刚到柏林那天就是在他家吃的饭。

但他在这儿干什么？她把蜡烛放到桌上，坐下来，双手托着脑袋思来想去。猛然间她想起，珀西是跟Y先生一起去参加的酒会。一定是搞错了，Y先生被送到了珀西的地址，那珀西此刻——

各种可能发生的糟糕情况在她眼前闪过。她匆匆回到多莉房间，穿上衣服，悄悄地下了楼。碰巧有辆夜班出租马车经过，她坐上车来到了Y夫人家。她让车夫在外等着，自己飞奔上楼，接连按门铃。依旧是Y夫人开的门，她同样穿着家居服，手拿一本书。

“X 太太！”Y 夫人惊呼道，“什么风把你吹来了？”

“我的丈夫！”此刻，可怜的 X 夫人唯一想到说的就是，“他在这儿吗？”

“X 太太，”Y 夫人挺直腰板反驳说，“你怎敢这么说话？”

“噢，请别误会！”X 夫人恳求道，“全乱套了，他们一定是把可怜的珀西送到这儿了，他没回家，我确定是这样的，您去看看吧。”

“亲爱的，”Y 夫人说，她年纪要大得多，很慈祥，“别激动，大概半小时前，他们把他送到这儿，实话跟你说，我连看都没看一眼。他在里面，我想他们连靴子都没给他脱呢。你冷静点，咱们这就把他弄下楼，送回家，没人知道的，只能这样了。”

Y 夫人看上去确实很想帮 X 夫人。

她推开门，X 夫人走进去，瞬间又面色苍白，一脸惊恐地出来了。

“那不是珀西，”她说，“我该怎么办啊？”

“你以后别再犯这种错了。”Y 夫人边说，边向屋里走去。

X 夫人叫住了她说，“那也不是您的丈夫。”

“胡说。”Y 夫人说。

“真的不是，”X 夫人坚持说，“我知道的，他正睡在珀西的床上，我刚从家过来。”

“他在那儿干什么？”Y 夫人怒吼道。

“他们把他送去放在床上的，” X夫人说着就哭了起来，“所以我才想到珀西一定在你这里。”

两个女人站在那儿，面面相觑，一时无语，只有在半掩着门的另一边那位先生的鼾声打破了沉静。

“那里面那人是谁?” Y夫人问道，她先镇定了下来。

“我不认识，” X夫人回答说，“从未见过。您认识吗?”

Y夫人没有作答，只是砰的关上了门。

“咱们怎么办?” X夫人问。

“我知道我该怎么办，” Y夫人说，“我和你一起回去把我丈夫接回来。”

“他在沉睡。” X夫人说。

“我知道。” Y夫人边说，边系上斗篷。

“那珀西在哪儿呢?” 可怜的X夫人下楼梯时抽泣起来。

“亲爱的，这个问题，” Y夫人说，“你得去问他了。”

“他们竟会出这种错，” X夫人说，“保不准把他怎么样了呢。”

“明天早上咱们就问个清楚，亲爱的。” Y夫人安慰她说。

“这些大学生酒会没个正经，” X夫人说，“我不会再让珀西去了，绝不会——只要我还有口气。”

“亲爱的，” Y夫人说，“只要你尽到责任，他就不再想去了。” 据说他的确没再去过。

如我所说，造成这一切的原因就在于他们没把卡片别在外衣上，而是别在了桌布上，可谓自作自受。

第十四章

终局前的认真思考——英国人的德国观——上帝穿制服戴头盔——无助弱智者的天堂——德国人的道义感与进取心——德国绞刑的可行性——对好人死后的猜想——军人本能：是全备全能[①]吗？——德国店主——他的谋生之计——新女性的共性——对德国民族的诋毁——骑行圆满结束。

"谁都能当国王，"乔治说，"我也能。"

我们坐在波恩宫廷花园，俯瞰莱茵河。这是我们此行的最后一晚了，明天一早的火车将把我们送上返程之路。

"我要把送给德国人的建议全都写在一张纸上，"乔治接着说，"找家好的印刷公司多印一些，再找人贴在城镇和村庄的角角落落。这事儿一定要办。"

如今的德国人平和、温顺，好像他们唯一的志向就是按时缴税和听令行事，顺服上帝指派的掌权者。必须承认，在他们身上几乎找不到其蛮人祖先的踪影了。对他们的祖先来说，个人自由如同呼吸般重要；他们任命了地方法官顾问，却依旧保留部落的执行权；他们跟随首领，但鄙视服从。在今天的德

① 源自《圣经》，意指所信靠的神是一位全备全能（All-Sufficient）的神。

国，人们大谈社会主义，不过是打着社会主义旗号的专制主义。德国选民对个人主义毫无兴趣，他们不但愿意，而且迫切希望所有一切均由他人控制和管理；他们争论的不是政府，而是政府的形式；对他们而言，警察就是宗教，永不改变。在英格兰，我们视身穿蓝色制服的警察为无害的必需品，在普通市民看来，虽然看到警察在城里一些交通拥挤的街区帮扶老妇人过马路，方显其用途，但他主要是充当路标。除了感谢他的服务工作之外，我不知道何时还会想起他。而在德国，人们把警察当神来崇敬，当守护天使来拥戴。在德国孩子眼里，警察叔叔就是圣诞老人和博吉人[①]的共同化身，他施善惩恶，秋千、旋转飞椅、打仗玩的沙丘、室内游泳池、露天游乐场等玩耍的设施都是他给的。纯真的男孩女孩，人人都想取悦于警察，面对警察叔叔的微笑会令孩子倍感得意，被警察拍过头的孩子会变得不易相处，其自命不凡难以容忍。

德国市民好比士兵，警察就是军官。在大街上警察指挥着人们往何处走、走多快。每一座桥头都站着警察，告诉人们怎样过桥。倘若警察不在，他们就坐下来，等待河水从身旁流过。在火车站，为保证旅客的安全，警察会把他们锁在候车室里。时间到了，再把他们放出来，送交给乘警。乘警也是警察，只是制服不同，他负责告知旅客座位在哪，何时下车，并确保

① 系列漫画书，讲述了一个苏格兰精神病人的系列虚构故事，第一册于 1989 年出版，之后于 1991、1992、1993、1998 年连续出版了后续故事，第四个故事于 2005 年在英国漫画月刊 Judge Dredd 上连载。同名喜剧彩色电视片于 1992 年在英国上映。

他到站下车。在德国，你不必对自己负任何责任，一切均有人来为你办理妥当。你不用照顾自己，不能独善其身也无可厚非。关照他人是警察的天职。如果你是无助的弱智者，一旦出了事，警察难辞其咎。无论你在何处，在做何事，你的一切均由警察负责，他会关照你——对你关怀备至，这点不容置疑。

你若迷路了，他会找到你；你若丢失了东西，他帮你找回来；你若不清楚自己想要什么，他会告诉你；你若想得到任何值得拥有之物，他帮你弄到手。在德国，你不需要私人律师。你若想买卖房屋或田地，国家起草产权转让书；你若上当受骗，国家替你打官司。国家给你爱，给你投保，甚至为一件小事与你风雨同舟。

“你只需要出生就够了，”德国政府对德国公民说，“剩下的事交给我们去做。不管是家里还是家外、健康还是生病、娱乐还是工作，我们都会告诉你该做什么，并监督你完成，你什么心都不用操。”

德国人的确不操心。如果找不到警察，他就四处游走，直到看见墙上张贴的警方告示。他会认真阅读，然后按照上面写的去做。

记得在一个小镇上——我忘了名字，倒是无所谓，这种事可能在德国的城镇里不足为奇——我看到大门开着，里面通向一个花园，正在举行演唱会。没有门卫，随便谁都可自由踏入此门，免费欣赏演唱会。实际上，相对于四百多米以外的另一个大门，走此门确实方便的多。然而，无一路过的人动心要走这里进去，大家都头顶烈日，苦苦地走向另一个门，在门口买票进入。我还见过几个年轻人留恋地站在空无一人的冰场边上，他们本可以再玩几个小时的滑冰，但没人要这个小聪明。人群和警察都在半英里外的另一头拐角处，没人过来阻止他们，但他们明白该就此而止。诸类事不禁让人认真思考，德国人究竟是不是罪恶的人类家族中一员？这个平和、温雅的民族会不会就是天使下凡，只为一杯啤酒，因为他们一定知道，唯有在德国才能喝到这货真价实的啤酒？

在德国乡村，道路两旁果树成行。没有任何警示禁止大人或小孩擅自采摘水果，唯有道义。在英格兰，类似情况往往引起公愤，因数以百计的孩子死于霍乱，而医务人员为应对过量食用酸苹果和生核桃所致疾病忙得跑断了腿。公众舆论要求用围栏将果树隔开，以免造成伤害，果农们则想省去围墙和栅栏的开销，但公众不允许，担心会在全社区内传播疾病，导致死亡。

但在德国，僻静的道路两边长满果树，小男孩却不为之所动，情愿走几英里长的路到另一头的村里去买仅值 1 便士的梨来吃。这在盎格鲁–撒克逊人看来，无视这些瓜熟果香、垂实如珠且未加栏护的果树是对机会的可耻浪费，是蔑视上帝的恩赐。

尽管我不确定是否属实，但据我对德国人性格的观察，若听说被判死刑的德国人收到一条绳子，让自己缢死，我不会感到惊讶。这能为国家节省许多麻烦和开支。我不难想象德国罪犯手拿绳子回到家里，认真阅读警方指示后，去后厨房悬梁自尽的情景。

德国民族非常优秀，总体来说，大概是这个世上最优秀的民族，他们和蔼、无私、友善。我确信他们大多数人死后会上天堂。的确，若将其同世界上其他基督教民族相比，人们定会得出天堂主要是德国制造这一结论。但我不明白他们是怎么去的，我不相信任何一个德国人的灵魂都能自主飞上天去，敲开圣·彼得[①]之门。我想他们应该是以小团队形式，由一位死去的警察负责带队，一同升入天堂。

卡莱尔[②]说过，普鲁士人[③]最重要的美德之一在于接受训练的能力，该说法同样适用于整个德国民族。可以说这是个从命的民族，指到哪里就去哪里，让做什么就做什么。工作需要，经过培训，由一位身穿制服者负责，即派往非洲或亚洲，他必将成为优秀的殖民者，勇于面对一切困难。但却很难说他是先驱者，一旦让其自主行事，他就感觉自己即将消逝而死，并非因黔驴技穷，纯粹是缺乏独断所致。

德国人长期以来一直充任着欧洲卫士，军人的本能已渗透到他们的血液里。他们具备诸多军人的美德，同时也饱受了军训的严苛之苦。我听说有一个近期才退伍的德国仆人，其主人差遣他把一封信送到一个人家里，并在那里等待回复。过去了

---

① 《圣经》中耶稣的使徒，掌管天堂之门。

② 托马斯·卡莱尔（Thomas Carlyle，1795—1881），苏格兰评论家、讽刺作家、历史学家，作品在维多利亚时代甚具影响力。

③ 普鲁士（Prussia）为欧洲历史地名，位于德意志北部，通常指 1701—1871 年间的普鲁士王国，是德意志境内最强大的邦国，经过三次王朝战争统一了德意志，1871 年在普法战争中击败了法国，威廉一世在凡尔赛宫加冕成为德意志帝国皇帝。普鲁士有时也是德国近代精神、文化的代名词，同时也是德国专制主义与军国主义的来源。

几个小时，仍不见人回来。主人奇怪加焦急，便前去查看，结果发现那人手拿回信，仍在原处等待主人的下一个指令。这事听起来有些夸张，但我个人相信其真实性。

离奇的是，同为一人，作为普通个体如孩子般无助，一旦穿上军装，顷刻变得聪明睿智，富有责任心与积极性。德国人能统治他国，也能被他国统治，唯独不能统治自己。解决的办法似乎可将全体德国人都培训成军官，再让他自己管理自己，如此他则需自主判断和决策，并自我监督，确保他机灵又准确地贯彻执行。

德国人养成这样的品性，自然和学校教育密不可分。学校一直遵循的教育方针是培养学生的“职责”观念，这是大家共同的美好理想。但在恪守职责之前，需先明确此处“职责”的定义。德国人的解释是：“盲目完全地服从身穿制服者”。这与英国的教育方针形成对照，但鉴于两国同样繁荣发达，故两种方法有异曲同工之妙。迄今为止，德国蒙恩赐福，得到了良好的治理。若可持续，表明该方法符合国情。待到体制出故障之日，即是德国开始动乱之时。但也有可能，德国的教育方法颇具优势，优秀的管理者层出不穷。看起来必定是这样。

作为商人，我认为德国人与其英国对手相竞争，始终差了一大截，除非他的脾性有相当大的改变，这正是源于他的美德。对他来说，生活比纯粹赚钱重要得多。在德国，银行和邮局中午停止营业两小时，这期间，员工都回到温馨的家里同亲人共享午餐，或许再吃些甜点后小睡一会儿。他们不指望，也许根本不想同一个站着吃饭、睡觉时电话不离身的民族竞争。在这个国家，阶层间的差别总体不大，不至于像英国人为了追逐高官厚禄而拼得你死我活。除了土豪贵族的地位不可动摇之外，对于多数人来说等级只是浮云。女教授和女烛台匠每周相约在咖啡派对①，平等地聊着八卦。马房老板与医生相聚在他们钟爱的酒吧里恳谈共饮。阔气的建筑承包商准备宽敞的马车去乡间旅行时，也会邀请他的管家和裁缝以及他们的家人同行，每人带些酒水和食物，大家共饮共享。在回家的途中，他们一起引吭高歌。只要这般光景常在，德国人不愿意把自己生命中最美好的时光浪费在赚钱养老上。他的品位——更要紧的是——他妻子的品位是千古不变的廉价。他喜欢用很多红色长毛绒装饰布以及各种镀金和漆器家具装饰公寓或别墅，喜欢在墙上贴满照片。不过在灯光的照映下，也许绝不比赝品伊丽莎白一世②混搭高仿路易十五③的画像差几何。他还可能请来当地艺术家涂绘外墙，楼下绘一场血腥大战，而天使般的俾斯麦④挥着翅膀影影绰绰飘飞于楼上卧室窗边，在此过程中，他从前门口的粉刷就一直干涉个不停。至于大师级作品⑤，他依旧甘愿

① 德国研究生和本科生每周参加的聚会，提供小吃和咖啡，旨在为学生提供练习德语会话的机会，对德语学习感兴趣的教工、校友、在校生等均可参加。

② 伊丽莎白一世（Elizabeth I，1533—1603），16 世纪英国女王。伊丽莎白一世统治时期，在英国历史上被称为“黄金时代”。

③ 路易十五（Louis XV，1710—1774），法国国王，在 1715 年至 1774 年期间执政。

④ 俾斯麦（Bismarck），普鲁士王国首相（1862—1871）及德意志帝国首任宰相（1871—1890），人称“铁血宰相”、“德国的建筑师”及“德国的领航员”。

⑤ 指 1800 年前的欧洲艺术大师，如“欧洲绘画之父”乔托（1266—1327）和达·芬奇（1452—1519）等。

去美术馆欣赏，“家中挂名人名画”尚未在这个国度形成风气，他不必挥霍钱财只为把自家变成一个老古玩店①。

德国人贪酒好吃。现在仍有英国农民一边对你说种田会挨饿，一边却在享受着一日七餐；俄罗斯全国上下每年举办一次为期一周的美食盛宴，期间不乏有多人因过食煎饼而撑死，但这是一个宗教节日，属于特例。同世界各民族相比，吃货这一美称非德国人莫属。他们清早起床，边穿衣边豪饮几杯咖啡、吞下五六个热黄油面包卷。到了上午十点钟才坐下来用餐，中午一点或一点半时开始吃正餐，对此他们毫不懈怠，认真吃上两三个小时。下午四点进咖啡馆，吃蛋糕、喝巧克力。晚上的时光多花在品尝各种小吃上，一般不吃或很少吃套餐，比如七点时，喝一瓶啤酒、吃一两块夹有奶酪或香肠的面包；在剧场幕间休息时，再来一瓶啤酒和一片火腿；回家前要喝一小瓶白葡萄酒，吃个煎蛋；上床前，最后再吃一片奶酪或香肠，就着更多的啤酒下肚，然后进入梦乡。

但他们算不上美食家。餐厅里不常见法餐厨师和菜单。相比昂贵的红葡萄酒②或香槟，他们选择喝啤酒或当地价廉的白葡萄酒。这么做也确实对他们有益。人们不难理解，每次法国酿酒商向德国酒店或商店出售红酒时，仍对色当③耿耿于怀。鉴于德国人通常不喝红酒，复仇并不是明智之举，反倒让无辜

---

① 源自狄更斯 1841 年出版的一部畅销小说《老古玩店》。

② 原文为 claret，尤指产于法国波尔多地区的干红葡萄酒。

③ 法国东北部城市，著名的色当战役发生于 1870 年的普法战争时期，结果是普军俘虏了法皇拿破仑三世及其军队，决定了普鲁士及其盟军的胜利。

的英国游客成了替罪羊。也可能法商同时还想到了滑铁卢①，认为无论如何不能忘记宿怨。

在德国，高档娱乐不可遇也不可求，一切都是那么简单、亲切，没有烧钱的运动，没有华丽的设施要维护，也没有盛装出席的炫富社交场合。他们最大的乐趣就是花上几马克去欣赏歌剧或音乐会，他的妻子和女儿们身穿自制的礼服，头裹披肩，步行前往。

德国人质朴无华的品质着实令英国人耳目一新。很少见到私人马车，连出租马车也只有在快捷、干净的电车不经过的地方才有人坐。

他们以此保持着自己的独立性。店主不必讨好顾客。一次，我陪一位英国女士在慕尼黑逛街购物。

她习惯了在伦敦和纽约购物，在这里，不管店主给她推荐什么，她都挑剔抱怨，并不是她真的对商品不满意，这是她的购物策略。她说别家店里有更多物美价廉的东西，并不是她真的认为自己能买到，而只是想让店主给她优惠。她说店里的商品缺乏品位：品种不多，不时尚，太大众化，看上去不耐穿，她也不是有意冒犯，而是如我刚才所说，这是她的策略。店主不辩解，也不反驳，他把东西分别放回包装盒里，再把盒子放回货架原处，然后走进店铺后面的小屋里，关上了门。

“他不再出来了吗？”过了两三分钟后，这位女士问道。

① 1815年，在比利时的滑铁卢，拿破仑率领法军与英国、普鲁士联军展开激战，法军惨败。随后，拿破仑以退位结束了其政治生涯，从此滑铁卢被用来比喻惨痛的失败。

她的语气不像是在问问题，显然是不耐烦。

“应该是吧。”我答道。

“为什么？”她很吃惊地问。

“我想，”我告诉她，“你把他惹恼了。他此刻多半是坐在那门后抽烟看报呢。”

“真是个奇葩店主！”我的朋友边说边拿上自己的东西，气愤地离开了。

“这是他们做买卖的方式，”我解释说，“东西都在这里，你若喜欢，就买走，不想买呢，他们希望你别来评头论足。”

还有一次，在一家德国酒店的吸烟室里，我听一位小个子英国人讲了个故事，换成我的话，我不会讲给别人听的。

“想和德国人砍价，”这个英国人说，“根本行不通。他们似乎听不懂你的意思。我在乔治广场的一家店里看到了《强盗》[①]第一版，就走过去问价。柜台后面是个古怪的老头，他回答：‘二十五马克。’然后又继续看他的书。我告诉他几天前看到一本精装版本才卖二十马克，诸如此类砍价的话，你懂的，可他竟然问我‘在哪里？’我说是在莱比锡[②]的一家店。

“他建议我回到那里去买，似乎并不在意我买或不买这本书。我问：

“‘你最低价是多少？’

---

① 德国18世纪著名诗人、作家、哲学家、历史学家和剧作家弗里德里希·席勒的第一部戏剧作品，充满狂飙突进精神。发表于1781年，1782年1月13日于曼海姆首次公演获得巨大成功。

② 位于德国东部的莱比锡盆地中央，原东德第二大城市，曾是重要的历史城市，歌德称之为“小巴黎”，音乐家巴赫曾在此工作20多年。

"'我已经说过了,'他答道,'二十五马克。'他是个易怒的老头。

"我说:'不值这些钱。'

"'我从未说过它值,是吧?'他厉声地说。

"我说:'给你十马克卖了吧。'我想没准儿他会加到二十马克成交。

"他站了起来,我以为他绕过柜台去把书拿出来呢,却相反,他径直朝我走来。

"他这个大块头一把抓住我的双肩,把我拎出门推到街上,然后砰地关上了门。我今生从未如此惊讶过。"

"也许这本书真就值二十五马克。"我说。

"当然值了,"他答道,"超值。但你是念的什么生意经!"

若有任何能够改变德国男人的性格,那就是德国女人。她自身就善变——我们称之为前卫。十年前,没有哪个在乎名声,想要嫁人的德国女士敢骑自行车;今天,数以千计的德国女士骑着车子穿梭于大河两岸。老辈们见此无奈地摇头,但我看到有小伙子赶上去同她们并肩骑行。不久前,女人用冰刀外刃滑冰[①]被认为是女汉子,她们的正确姿势应该是小鸟依人地靠着男性亲人。现在,她们独自在角落里练习8字形花样滑冰,直到有小伙子过来帮忙为止。她们还打网球,而且,说到安全,我甚至见过她们驾驶一辆轻便双轮马车。

① 滑冰时压外刃,能获得最大的速度。

她们一向受到良好的教育，十八岁就能讲两三门语言了，但是忘掉的东西比普通英国女人读过的还要多。迄今，教育对她们完全没有派上用场。一结婚就下厨房，并匆忙清空大脑，把空间留给了糟糕的厨艺。然而，倘若她开始醒悟女人存在的意义不是为家务奉献一切，如同男人不能把自己变成赚钱机器一样，假如她有意愿走出家庭、融入社会的话，那么这样一个身心健旺的伴侣，必定能产生持久而深远的影响。

须知德国男人格外多愁善感，极易受其女伴的影响。有人说他们做情人是最佳的，做丈夫却是最差的。这都是女人的错。一结婚，她就用地毯拍打器，将浪漫赶出家门，抛在九霄之外。当姑娘时，她不懂穿着打扮；嫁为人妇后，她换下身上的衣装，用家里随手翻到的奇怪东西裹在身上。她不再在意自己的形象。原本拥有天使面孔、魔鬼身材，美若朱诺①的她心存积怨，欲自暴自弃。为满足对甜食的欲望，她舍弃了热爱和追求美的权利。每天下午你都能在咖啡馆见到她，大口地吃着涂满奶油的蛋糕，大口地喝着巧克力。之后，她火速发福，变得臃肿而满足，魅力也随之荡然无存。

当德国女人戒掉下午咖啡和晚上啤酒，做足运动以保持身材，并在婚后继续阅读烹饪书之外的书籍时，德国政府就会意识到有一股新兴的未知力量需要应对，而且，全国上下处处明显可见老一代妇女正让位于新女性这一现象。

---

① 罗马神话的神后，朱庇特之妻，是女性、婚姻和母性之神，集美貌、温柔、慈爱于一身，相当于希腊神话中主神宙斯的妻子赫拉。

至于接下来会发生什么，人们很好奇。德国仍然是个年轻的国家，它的成熟对世界来说具有重要意义。德国人优秀而可爱，将会为实现更加美好的世界做出更大的贡献。

要诋毁他们，最差也不过是说他们有缺点。对此，他们自己并不清楚，他们认为自己很完美，这正是他们的不明智所在。他们甚至认为自己比英国人优秀，这让人无法理解，人们感觉他们一定是装出来的。

"他们有自己的道理，"乔治说，"但是他们的烟草是国之罪。我要睡了。"

我们起身，依着低矮的石头围墙，凝望着轻柔幽暗的河面上舞动的灯光。

"总的说来，这次的骑行很愉快，"哈里斯说，"很高兴要回家了，可是想到要结束了，还是感到遗憾，你们也能体会的。"

"'骑行'是什么？"乔治问，"你解释一下。"

"'骑行'，"我解释说，"我认为是一次旅行，或短或长，漫无止境，要自我把控，在一定时间内必须回到原点。我们时而穿过繁华街道，时而走过田间小路；有时流连数小时，有时数日。但无论时间长短，无论身在何方，我们的思绪随着流沙奔跑。路遇行人，我们点头微笑，有时止步与少数人聊上几句，甚至与个别人同行一段。虽常常感到些许疲劳，但我们乐此不疲。总之，我们度过了一段快乐时光，在结束之际颇感遗憾和留恋。"